Maryam Madjidi est née en 1980 à Téhéran et quitte l'Iran à l'âge de 6 ans pour vivre à Paris puis à Drancy. Elle a vécu quatre ans à Pékin et deux ans à Istanbul. Son premier roman, *Marx et la poupée*, a reçu le prix Goncourt du premier roman et le prix Ouest-France Étonnants Voyageurs 2017. Aujourd'hui, elle enseigne le français à des élèves non francophones.

DU MÊME AUTEUR

Marx et la poupée
Le Nouvel Attila, 2017
Prix Goncourt du premier roman
Prix Ouest-France Etonnants Voyageurs
Éditions Héliotrope, 2018
et « J'ai lu », n° 12272

Maryam Madjidi

POUR QUE JE M'AIME ENCORE

ROMAN

Le Nouvel Attila

Ceci est une œuvre de fiction. Par conséquent, toute ressemblance avec des situations réelles ou des personnes existantes ou ayant existé n'est ni fortuite ni involontaire.

L'auteure a bénéficié pour l'écriture de ce livre du Programme de résidence d'écrivains de la Région Île-de-France, accueillie par les médiathèques de Grigny.

ISBN 978-2-7578-9657-0

« La caractéristique de l'âge ridicule que je traversais – âge nullement ingrat, très fécond – est qu'on n'y consulte pas l'intelligence et que les moindres attributs des êtres semblent faire partie indivisible de leur personnalité. Tout entouré de monstres et de dieux, on ne connaît guère le calme. Il n'y a presque pas un des gestes qu'on a faits alors qu'on ne voudrait plus tard pouvoir abolir. Mais ce qu'on devrait regretter au contraire c'est de ne plus posséder la spontanéité qui nous les faisait accomplir. Plus tard on voit les choses d'une façon plus pratique, en pleine conformité avec le reste de la société, mais l'adolescence est le seul temps où l'on ait appris quelque chose. »

Marcel Proust,
À l'ombre des jeunes filles en fleurs

« Nous n'irons pas plus loin » te dit le Capitaine.
Trop d'obstacles aujourd'hui pour gagner l'horizon.

Dominique A, « L'Horizon »

À Samir Malou

Visible nulle part dans ce monde,
Présent partout dans ces pages.

Il ne se passe rien ici.
J'y ai vécu quinze ans. Il ne s'est jamais rien passé.
Je suis revenue y vivre. Et il ne se passe toujours rien.
Tu es une ville peuplée de fantômes.
Tu es une ville qui s'excuse d'exister.

Allez la nuit sur le pont, regardez les trains passer,
vous entendrez les fantômes crier.

I

L'ADVERSAIRE

Parce que je le vaux bien

Adolescente, j'étais franchement laide. Une tête épouvantable. Mes cheveux frisés, épais, bouclés formaient une boule compacte sur ma tête, si compacte que le vent ne pouvait y pénétrer pour les soulever comme à la télé dans les publicités pour shampoing.

Quand une de ces publicités passait, j'étais subjuguée et mes yeux envieux suivaient la danse des cheveux légers et doux qui glissaient entre les doigts comme de la soie ou du satin.

Les miens formaient un casque inébranlable, invincible, aussi solide que les casques romains. Pour m'arracher un cheveu, il fallait tirer très fort.

Les élèves de ma classe m'appelaient « Washing-Machine ». Ils ajoutaient : « Tous les matins pour se coiffer elle met sa tête dans une machine à laver. »

Je les remerciais de l'explication, c'était du moins le seul mot anglais qu'ils n'oublieraient jamais.

Ce surnom de Washing-Machine avait surgi de la bouche d'un élève quand toute la classe m'avait vue débarquer avec ma nouvelle coupe un beau matin de printemps.

Pour Norouz, le nouvel an persan, il est de coutume d'aller chez le coiffeur, acheter de nouveaux vêtements, faire un grand nettoyage de la maison. J'étais donc allée chez un coiffeur de l'avenue Henri-Barbusse, notre Champs-Élysées.

La coiffeuse, une femme d'une trentaine d'années, la chevelure blond platine lissée au fer, une grande bouche luisante de gloss, le regard blasé de tant de rêves et d'espoirs avortés, coupait mes cheveux. Coup de peigne après coup de ciseaux, coup de ciseaux après coup de peigne, lentement et inexorablement se dessinait dans le miroir le carré terrifiant d'une ménagère américaine des années 50 avec beaucoup de laque et une frange épaisse qui me faisait comme une visière au-dessus des sourcils.

Je n'ai rien dit. Je me mordais les lèvres pour ne pas hurler de rage ni de désespoir. J'ai payé en esquissant le sourire du dernier jour d'un condamné. Sur le chemin du retour, je me répétais que je n'irais pas au collège avec cette choucroute sur la tête, je préférerais mourir que d'essuyer les sarcasmes de mes camarades de classe, j'attendrais patiemment que mes cheveux repoussent avant de franchir la grille du collège, je raterais probablement mon année scolaire, je redoublerais, mais ce n'était rien, rien du tout en comparaison de ce que je subirais s'ils me voyaient ainsi.

Je suis montée dans ma chambre sous les rires de mon frère, qui trouvait que j'avais l'air de Bernadette Chirac en brune. J'ai lu dans le regard de mon père de la compassion et dans celui de ma mère de la stupeur. Ils n'ont même pas eu le courage de m'adresser un mot. Ma vie était foutue.

Le lendemain, je me suis levée et préparée pour aller au collège. Tout devait paraître habituel. Je suis sortie de la maison, je suis allée au bout de la rue sauf qu'au lieu de tourner à gauche, j'ai tourné à droite et j'ai marché comme ça sans but une bonne demi-heure dans les rues. Je suis arrivée au terminal des bus et du métro de la ligne 5 et je me suis assise là sur un banc à regarder passer les bus, le 148 et le 146, le 234 et le 134. Voilà, j'ai attendu sans rien faire. J'avais un peu d'argent, je me suis acheté un sandwich thon-crudités au café-snack tenu par des Chinois devant l'arrêt du 148.

Je l'ai mangé en regardant les bus passer, repasser. J'observais le vendeur ambulant de cacahuètes caramélisées, il venait d'arriver et avait posé soigneusement sur un carton une dizaine de sachets. Il me restait quelques pièces dans la poche et je suis allée lui acheter un sachet.

J'aimais entendre la petite cloche du tramway qui tinte quand il démarre ou arrive à la station Pablo-Picasso. J'étais bien sur ce banc. J'avais la paix. Personne ne se moquait de ma coupe.

Tiens, c'est au tour du vendeur de maïs chaud de prendre son poste. Il faisait rouler son caddie dans lequel il y avait du papier journal, du charbon, du carton, des maïs crus, un baril métallique et un grill. Il a fixé le grill de part et d'autre de son caddie, au-dessus du baril dans lequel il avait allumé un feu, pour y disposer les maïs. Il a découpé un morceau de carton en guise d'éventail pour raviver les braises. Par intervalles réguliers, il disait presque en chantant et en insistant sur le dernier mot dans un souffle prolongé : « Maïs chauuuuud, maïs chauuuuuuud. »

Il était 15 heures, l'heure à laquelle je rentrais habituellement. Je pouvais rentrer à la maison.

Et ce sera ainsi tous les jours jusqu'à ce que mes cheveux repoussent et que la femme au foyer des années 50 s'éloigne définitivement de moi.

Au bout de trois jours, le collège a appelé mes parents. J'ai dû tout avouer.

Je livrais à mes cheveux une bataille. Gilliatt dans *Les Travailleurs de la mer* lutte contre le vent, la houle, la pieuvre, moi je luttais contre les mèches, la touffe, le frisotis. J'étais une Gilliatt de la chevelure.

Je m'armais du sèche-cheveux et je tirais sur la brosse pour raidir chaque touffe de cheveux mais chaque boucle frisée résistait à la chaleur brûlante, ne voulait pas se soumettre, s'échappait des griffes de la brosse et je finissais le plus souvent en nage, éreintée. Je me regardais dans le miroir : derrière l'apparente chevelure raidie, aplanie, apprivoisée, on devinait la salade frisée qui me riait au nez.

J'avais une peur terrible de l'humidité les jours qui suivaient mon brushing, une petite bruine à peine et tout était foutu. Je me promenais toujours avec un chapeau, un béret, un machin sur la tête comme bouclier contre la menace du frisotis.

La nuit, je mettais des barrettes, des épingles, des pinces, des élastiques à des endroits stratégiques de ma tête pour qu'au lever les mèches les plus rebelles soient domptées. Je faisais cela en cachette, je ne voulais pas qu'on se moque de moi. C'était un rituel au moment du coucher. Il me fallait être attentive et concentrée : où placer telle barrette ? Et cette épingle ? Comment être efficace pour que la frange de devant soit toute plate le lendemain matin ? Je me réveillais parfois de douleur car une des barrettes s'était enfoncée dans la peau de mon crâne pendant mon sommeil.

Je me précipitais au lever pour aller dans la salle de bain me regarder : j'enlevais un par un tout cet attirail, impatiente de découvrir la récompense de tant de souffrances nocturnes et là, dans le miroir, la dernière barrette enlevée, je ressemblais à un Playmobil.

C'était une torture que je m'infligeais volontairement. Pourquoi ? J'avais 13 ans et je voulais ressembler à Brenda dans la série *Beverly Hills*. Je ne voulais pas de cette chevelure de métèque qui trahissait mes origines lointaines.

Je voulais polir, lisser, raboter les bosses, les âpretés, la rugosité de l'étrangère, dont ces cheveux étaient la parfaite incarnation.

Lorsque j'ai eu 14 ans, un ami de mes parents m'a offert en guise de cadeau une séance de défrisage chez un célèbre coiffeur parisien. Le défrisage consiste à enduire les cheveux de produits très corrosifs dans le but de casser les satanées liaisons chimiques responsables de la frisure du cheveu afin de les dompter pour trois bons mois.

J'étais très heureuse de pouvoir en bénéficier. Finis les brushings interminables et harassants, les barrettes, les épingles la nuit, j'allais enfin avoir les cheveux soyeux des publicités. On m'identifierait davantage à une Espagnole ou à une Italienne qu'à une Arabe et pour moi c'était certain, je gagnerais au change.

La coiffeuse m'appliqua le produit. Elle le laissa reposer une demi-heure. Ça sentait très fort et l'odeur me piquait un peu les yeux et le nez. La coiffeuse me dit que c'était de l'ammoniaque, du soufre et un tas d'autres produits au nom compliqué. Elle rinça. Elle sécha en lissant. Sa grosse brosse venait déposer mes cheveux comme un voile fin sur mes épaules. Je sortis du salon et je me regardai dans tout ce qui pouvait réfléchir mon image. Je me trouvais tellement européenne, je dirais même californienne. Je me rapprochais enfin de Brenda.

Toutefois, ça me grattait un peu sur le cuir chevelu. Les produits chimiques devaient être encore un peu irritants et je n'y prêtais pas vraiment attention. Je me pavanais en passant mes doigts dans cette soie souple et ondulante, en tournant la tête à droite et à gauche pour faire danser mes cheveux comme dans la pub : oui je le valais bien.

Ça me grattait de plus en plus et j'avais mal maintenant. Puis au bout de quelques heures, j'ai eu la sensation très désagréable que mon cuir chevelu brûlait. C'était tout enflammé, j'avais un mal de crâne épouvantable, l'impression que ma tête pesait des tonnes et que je n'arrivais pas à la maintenir droite sur mon cou.

Je suis allée aux urgences. La peau de mon crâne était brûlée au second degré et mes cheveux tombaient par poignées les jours qui ont suivi.

Les canons de la beauté persane

Une chose trahissait encore plus mes origines, un détail que j'avais remarqué uniquement chez les Iraniennes, je n'avais pas deux sourcils mais un seul. Un long sourcil qui traversait mon front et qui formait un rempart infranchissable au-dessus des yeux : mon mono-sourcil.

Le mono-sourcil fait partie des canons de beauté de la femme persane. On le retrouve dans les figures féminines des peintures et des miniatures. Les belles au visage de lune et aux cheveux longs et noirs ont au milieu du visage ce trait noir aussi superbement relié que les ailes d'un oiseau en plein vol. Le mono-sourcil était encore à la mode chez les Iraniennes jusqu'au début du XXe siècle.

Frida Kahlo lui a redonné toute sa gloire mais moi je n'étais pas Frida Kahlo.

J'étais une adolescente désirant ardemment rejoindre et intégrer les canons de la beauté occidentale. Une victime des séries télévisées américaines. Et ce mono-sourcil était la rature de mes tentatives pour atteindre ce que je voulais paraître.

J'avais gagné le surnom de Barre de shit, en plus de celui de Washing-Machine. Ce long sourcil épais et noir ressemblait à une barre de shit collée au milieu du front.

Chaque fois que je montais dans la navette du collège, tout le monde m'appelait ainsi : « Eh ! Y a Barre de shit qui monte dans le bus. »

Toutefois, le mono-sourcil n'était rien à côté d'un autre trait typique des Iraniennes : la moustache.

Ma moustache, cette bande de duvet sombre disgracieux entre mon nez et ma bouche, était apparue à l'âge de 8 ans. Lorsque nous avons quitté Paris et que je suis arrivée en CM1 à l'école Roger-Salengro, j'avais presque 10 ans et elle était devenue plus sombre, plus imposante, le duvet se changeait en une véritable moustache de jeune garçon pubère.

À l'âge où j'étais censée me transformer en femme, je voyais se dessiner de plus en plus nettement ce symbole de la masculinité au milieu de mon visage.

Dans la cour de récré en primaire, on m'appelait « femme à moustache ». Ou tout simplement « moustache ». Ce qui était pire, car on m'avait ôté mon sexe, je n'étais plus qu'une moustache.

Je pleurais parfois. Une fois en CM2, un élève assis derrière moi murmurait en boucle : « Moustache, moustache, moustache, moustache. »

J'ai pleuré très fort pour qu'on m'entende. L'institutrice m'a demandé la cause de mes larmes et je lui ai dit la vérité. Il se moque de moi, il me dit que j'ai une moustache, mais j'ai pas de moustache, c'est pas vrai. Et le petit garnement continuait de murmurer derrière mon dos : Si c'est vrai t'as une moustache, menteuse, t'en as une, t'as une moustache. Et là l'humiliation ultime, je ne m'attendais absolument pas à une telle réponse de la part de la maîtresse, garante de l'ordre et de la justice. « Bon, on reprend notre leçon de conjugaison, le monde ne va pas s'arrêter de tourner parce que tu as trois poils au-dessus de la lèvre. »

Toute la classe a ri. J'étais anéantie de honte.

Qui s'acharnait sur moi ? Quel mal avais-je commis ?

Cette tête, je n'en voulais pas. Qu'on la découpe et qu'on en mette une autre à la place.

Une belle tête de Française, avec deux sourcils distincts et séparés, laissant la voie ouverte à mon nez pour s'étendre et se perdre dans mon front. En séparant le nez du front, ce mono-sourcil était une frontière qui divisait, enfermait, excluait. Il assombrissait mon regard comme un nuage noir couvre le ciel et annonce un orage.

Je rêvais d'une belle bouche vierge de tout duvet. Un petit grain de beauté entre le nez et la lèvre sur un espace totalement lisse et imberbe serait parfait, comme cette mannequin dont j'avais affiché les posters dans ma chambre, Cindy Crawford.

Il était impensable de mettre du rouge à lèvres sur une telle bouche. De quoi aurais-je l'air ? D'un homme qui se prend pour une femme ? D'une femme qui se prend pour un homme ? Les deux à la fois ? Une androgyne orientale ratée ? Cette moustache était la négation de ma féminité naissante et timide, un frein à mon épanouissement sexuel. Il fallait l'éradiquer. J'avais désormais presque 14 ans et je voulais être femme.

À qui pouvais-je m'adresser en matière de questions féminines ? Ma mère évidemment.

Elle m'a écoutée attentivement sans rien dire. Elle a éteint sa cigarette et s'est levée pour partir dans la chambre. Elle est revenue avec un fil blanc et du talc.

Elle m'a dit que c'était une méthode d'épilation iranienne très efficace. Il s'agit de prendre un fil blanc solide de bonne qualité, de le glisser entre le pouce et l'index de la main droite, de le plaquer sur le poil et de tirer dessus avec l'autre main.

C'est ainsi qu'on lui avait épilé la moustache, les sourcils et les autres poils du visage sur le menton et le front en Iran.

Je m'inscrivais dans une lignée familiale, un héritage culturel ancestral, où des millions de femmes iraniennes avant moi avaient perpétué les mêmes gestes sur leur visage. J'en étais fière et j'avais hâte qu'on s'y mette.

Ça faisait un mal fou. Le fil venait arracher le poil à sa racine et, à chaque pincée, je criais. Je bougeais la tête sans cesse, ce qui mettait ma mère en colère car le poil lui échappait et glissait sur le fil. Elle me criait dessus. Arrête de gesticuler, supporte cette souffrance si tu veux en finir avec ces poils, la première fois c'est toujours plus douloureux, tu t'y habitueras. Mais rien à faire, c'était un réflexe, je retirais ma tête à chaque fois. Elle a fini par hurler très fort et m'a assené un coup sur la tête. J'ai protesté, j'ai perdu l'équilibre sur mon tabouret et je suis tombée, le visage plein de talc. Ma mère debout avec les fils suspendus entre ses doigts a soupiré : Soit tu te tiens tranquille et on termine ça, soit je pars et ne me demande plus jamais de t'arracher le moindre poil.

Cela a duré deux heures interminables. Elle m'a tendu un miroir, le talc se mêlait à la rougeur de mon visage et j'étais devenue rose et boursouflée. Un cochon. Je ressemblais au pire à un cochon, au mieux à une betterave badigeonnée de farine.

Tout mon visage avait gonflé. J'avais mal. Ma mère, impassible, m'a répondu que le lendemain matin tout irait mieux, ma peau serait apaisée.

Le lendemain, dans le miroir, j'ai vu un monstre.

Le mono-sourcil et la moustache avaient disparu. Ma mère en avait profité aussi pour m'épiler le menton, le bas des joues et le haut du front.

J'étais totalement imberbe. C'était indéniable. Mais à la place des poils, j'avais d'horribles petits boutons rouges et blancs qui grouillaient sous ma peau. Déformée. Monstrueuse. Je n'ai même pas pleuré ni crié.

Je me suis pointée devant ma mère. Elle n'était pas le moins du monde surprise. Ne t'inquiète pas, c'est une réaction normale de ta peau. Dans quelques jours, tout ira mieux. Ne touche surtout pas ces boutons, passe un glaçon dessus, ils vont disparaître.

C'était le début de l'été et il faisait très chaud. Le soleil et la sueur ont infecté les boutons qui ont doublé de volume et se sont transformés en papules et pustules gorgées de pus. Je les ai percés, triturés, disséqués, arrachés. Mon entreprise a encore une fois fini chez le médecin.

J'étais défigurée mais j'avais vaincu mes deux plus grands ennemis : le mono-sourcil et la moustache. Victoire à la Pyrrhus, mais victoire quand même.

L'animale

Des poils, il y en avait tant, il y en avait trop, sur tout le reste du corps. Des poils partout sur la nuque, le dos, les bras, le ventre, les jambes, les doigts aussi, les doigts des pieds, les doigts des mains, dans le nez, dans les oreilles. Ce n'était pas un duvet, version discrète et civilisée de la pilosité, c'était des poils longs, noirs, sordides, hostiles. Je n'étais pas un humain mais un singe, une mygale, un être hybride avec trop d'animalité en lui.

Les poils, c'était l'animale en moi, l'animale qui trahissait l'être raffiné et sublime que je rêvais d'être.

On me disait que les Iraniennes étaient comme ça, que toutes mes cousines étaient ainsi, que la pilosité était développée chez les femmes du sud. Je n'étais pas du tout consolée ni rassurée. Je ne voulais pas être une « femme du sud ». J'avais grandi en France, je voulais ressembler aux Françaises. Et cette pilosité détruisait mes rêves, que j'affichais de plus en plus sur les murs de ma chambre : Claudia Schiffer, Cindy Crawford, Kylie Minogue.

Cachez ces poils que je ne saurais voir. Je rêvais de tomber sur un Docteur Frankenstein qui par amour m'arracherait la peau et m'en grefferait une nouvelle, une belle peau de pêche.

Je m'étais inscrite à un séjour de ski à Avoriaz en classe de quatrième.

La veille de mon départ, j'étais très préoccupée. Je pensais, inquiète, à mon corps velu. J'avais peur qu'on découvre toute l'étendue de ma pilosité. Durant huit jours, au quotidien, dans l'intimité, sous la douche, dans la chambre en me déshabillant, partout, tout le temps, on pouvait découvrir l'animale sur ma peau. Je savais que les chambres étaient collectives. Des dortoirs de huit lits. C'était inévitable.

La veille, je suis passée à l'acte. Dans la salle de bain, sous la douche, j'ai enduit mes jambes, mon ventre, mes bras et même le bas du dos de savon, et armée du très performant rasoir à trois lames de mon père, je me suis rasé tout le corps. C'était insensé et transgressif. J'avais peur que ma famille découvre mon secret. Chaque parcelle de peau est passée sous les lames du rasoir. J'ai rincé et regardé avec une rage mêlée de délectation les touffes de poils s'entasser et boucher l'orifice de la baignoire. Je les ramassais par poignées et les jetais dans la poubelle de la salle de bain. Je me découvrais émue une peau lisse et soyeuse, sans la moindre imperfection. À présent, mon corps pouvait désirer et être désiré. Je pouvais me mettre nue devant les copines sans le moindre complexe. Je pouvais me mettre nue devant un garçon qui me plairait. Je naissais au désir. Cette séance de rasage était l'épiphanie de ma libido, empêchée jusqu'à présent par ma pilosité. Une renaissance.

Cinq jours après, en plein séjour dans les montagnes, sur les pistes blanches et lisses, sous les branches lourdes et gonflées de neige des sapins, j'étais prise de furieuses démangeaisons sur tout le corps car les poils repoussaient. Ils réclamaient vengeance. Je me grattais jour et nuit à l'abri des regards. J'avais peur que les autres en me voyant me gratter énergiquement se mettent à penser que j'étais sale, que j'avais une maladie de peau ou je ne sais quoi. Il fallait que je me cache pour pouvoir le faire.

C'était insupportable. Surtout sur les pistes, soudain ça me démangeait et je me tortillais sur mes skis, obsédée par le besoin d'apaiser cette torture. Je regardais autour de moi avec l'envie d'aller me frotter contre un sapin, un chalet, un bout de bois, n'importe quoi qui pourrait soulager ces satanés fourmillements sous la peau. Je demandais à la prof si je pouvais aller aux toilettes, et là, je me déshabillais à la hâte, et mes ongles grattaient ma peau jusqu'au sang. J'attrapais un bâton de ski pour me gratter le dos.

Le plaisir était tel que je fermais les yeux, c'était presque une jouissance mais très momentanée car plus je grattais, plus ça me démangeait.

En rentrant de ce séjour, les poils avaient repoussé, plus noirs, plus drus, plus vigoureux que jamais.

J'avais pris l'habitude de me raser les jambes depuis deux ans environ et chaque poil avait doublé de résistance. Avant que je ne me rase, ils étaient fins et longs, doux au toucher, à présent on aurait dit des poils de sanglier. Là où auparavant il n'y avait qu'un poil qui sortait de son bulbe, il y en avait maintenant trois ou quatre, ils se bousculaient pour se frayer un chemin à l'extérieur. Ça grouillait sous la peau de mes jambes. Stimulés par le rasoir, ils semblaient puiser à une étrange force souscutanée.

Mes jambes poilues rivalisaient avec celles de mon père.

J'avais décidé à 14 ans de ne plus jamais me servir d'un rasoir depuis que j'avais vu une publicité à la télévision vantant l'efficacité de la cire.

Ma grand-mère et ma vieille tante devaient venir en France pour les grandes vacances et je leur avais passé commande d'une dizaine de pots de cire. La meilleure qui soit puisqu'elle s'attaque aux poils tenaces des Iraniennes.

Elles ne comprenaient pas mon obsession ni ma hantise du poil. Elles trouvaient que j'étais trop jeune pour m'épiler à la cire. Tu es encore une enfant et tes poils sont un duvet. Tu le feras quand tu seras une femme.

Je ne leur avais pas encore montré mes jambes et elles ignoraient tout de la tragédie cutanée causée par le rasoir.

Un après-midi, ma mère, ma tante et ma grand-mère discutaient dans le salon en buvant leur thé. J'ai bondi au milieu du salon, je leur ai dit que c'était le moment de passer à la cire et que je n'attendrais pas une seconde de plus.

Elle recommence. Bon sang on ne s'épile pas à la cire à 14 ans. Tu n'as pas d'autres occupations dans ta vie que de nous bassiner jour et nuit avec tes poils.

Dans un accès de rage, j'ai baissé mon pantalon pour leur montrer mes jambes de mygale. Ma tante a mis sa main sur sa bouche pour étouffer un cri puis elle a fondu en larmes en frappant ses cuisses. Bon dieu, pourquoi cette pauvre enfant est-elle si poilue, je n'ai jamais vu ça. Même un homme a moins de poils sur les jambes.

Ma grand-mère s'est levée sur le champ et a chauffé la cire. Ma mère a trouvé un vieux drap usé pour en découper des bandelettes.

C'était fantastique, je n'avais rien à dire. Le spectacle de mes jambes avait éveillé en elles un fort sentiment de solidarité féminine et unc pitié infinie.

Je pleurais et hurlais de douleur à chaque bandelette arrachée par ma mère sous les yeux mouillés et compatissants de ma vieille tante. Les bandes étaient noires de poils. Je hurlais de joie aussi, la joie de mettre fin définitivement à ce calvaire du rasoir et le rêve de voir pousser à nouveau des poils fins et légers, affaiblis par cette cire miraculeuse.

Mais il me fallait aller plus loin, trouver d'autres méthodes plus définitives. J'avais lu quelque part qu'il existait un médicament miracle pour éradiquer la pilosité : Androcur. Une cure pour soigner les androgynes ? J'étais peut-être une androgyne. À la fois homme et femme, ou bien ni l'un ni l'autre. Tout comme j'étais à la fois française et iranienne, et au fond ni l'une ni l'autre. Cet entre-deux, cet état informe, flottant et indéterminé, me rendait dingue. J'avais 16 ans et il fallait trancher.

Alors j'ai décidé de prendre rendez-vous chez mon médecin généraliste : le docteur Philippe Solana.

Le docteur Solana avait toujours une très mauvaise haleine mais j'avais confiance en lui et je savais qu'il pouvait résoudre mon tourment pileux.

Je suis allée le voir avec ma mère qui tenait absolument à m'accompagner car ce machin d'Androcur ne lui inspirait, à elle, aucune confiance.

Nous sommes entrées dans son cabinet et je lui ai exposé mon problème. Il m'a demandé de lui montrer mes bras, mes jambes, mon ventre et mon dos. Il a également inspecté mon visage.

Il a soupiré, son haleine fétide a immédiatement envahi nos narines, puis il a dit : Vous n'avez aucun problème de pilosité, je veux dire, aucun problème hormonal qui causerait la pilosité anormale qu'on nomme l'hirsutisme.

Mais je suis très poilue, ce n'est pas normal pour une fille d'avoir autant de poils.

Mais vous êtes iranienne et par ailleurs, vous n'auriez pas ces beaux cheveux, ces beaux sourcils, ces longs cils et ces beaux yeux noirs si vous n'étiez pas iranienne. Il y a un équilibre dans toute chose. Vos poils ne sont pas un problème et je peux vous promettre qu'avec le temps, ils deviendront moins vigoureux et moins visibles. Mais vous ne ressemblerez jamais à une Suédoise, il va falloir vous y faire.

Il avait de l'humour. J'étais déterminée. Je devais prendre Androcur.

Vous n'avez absolument pas d'hirsutisme. Et les effets secondaires de ce médicament sont nombreux. Je ne vous le prescrirai pas.

Très bien, si ce n'est pas lui, alors un autre médecin me le prescrira.

J'ai pris rendez-vous avec un de ses confrères, qui n'a pas résisté comme lui. Il m'a prescrit Androcur associé à un œstrogène, qui me servait à la fois de contraception et d'éradication du poil.

J'ai pris ce traitement durant dix ans, et pas un poil n'a été vaincu. Durant dix ans, j'ai vécu avec une tension mammaire insupportable, des saignements et des troubles des règles, des jambes lourdes et gonflées, des bouffées de chaleur et une prise de poids continue et à l'arrêt de ce traitement parfaitement inutile, une sévère acné a envahi ma peau. J'entendais les poils crier victoire et tenir la main en dansant à ces horribles pustules, papules, nodules, comédons et microkystes qui me défiguraient.

C'est ici que j'ai grandi. Une fin d'enfance, une adolescence entière, un début d'âge adulte.

Je suis attachée à toi, que je le veuille ou non.

Tu es comme une mère qu'on aime, mais dont on aurait un peu honte.

Cette banlieue marche en traînant les pieds. L'ennui règne sur elle, fait tomber les paupières et ne tient jamais ses promesses. Il ne recule devant rien, pas même les bistrots, pas même les parcs, pas même les centres commerciaux, pas même les événements qui ponctuent timidement la vie culturelle.

Ton ennui m'a forgée. Goutte à goutte, je l'ai tété durant plus de quinze ans. Surtout l'été. La chaleur s'en mêlait et le rendait plus entêtant, assommant, visqueux. J'associe l'odeur de la glycine à l'ennui. Ce parfum capiteux embaumait les rues pavillonnaires l'été.

Ton ennui m'a menée vers le pays des mots silencieux et solitaires. J'ai lu. Beaucoup lu. Des journées entières dans la petite bibliothèque à côté de chez moi en bas du bâtiment D de la cité Gaston-Roulaud. Je dialoguais avec des amis imaginaires qui se nommaient le Petit Nicolas, Momo, Azouz, puis le Grand Meaulnes, Gervaise, Boule de suif, Nana, Rastignac, et plus tard Bardamu, Bartleby, Emma Bovary, Ursula Iguaran et Aureliano Babilonia, Antigone, Électre, Ivan Karamazov. Ils venaient peupler ma chambre et ma tête, m'aidaient à m'évader sans avoir à me déplacer.

Et puis, j'ai écrit. Des journaux intimes, des poésies, des contes.

Il me fallait raconter mes journées insipides, défier la platitude d'une existence, fabriquer un double de moi-même qui ne se laisserait jamais abattre. Je sentais que le réel pouvait m'étouffer doucement, insidieusement et qu'il me faudrait très vite trouver une arme que je porterais sur moi en permanence. J'étais tombée un jour sur cette phrase de Simone de Beauvoir : « Je construirai une force où je me réfugierai à jamais. » Ma force c'était mon monde intérieur, fait de livres, de rêves, de textes. Un miroir dans lequel je pouvais me regarder sans honte, et comme dans les contes, le miroir me disait : Ô ma Reine, tu es la plus belle et la plus intelligente.

Tu m'as forcée à découvrir un antidote à l'ennui.

Tu m'as forcée à conjurer le vide.

Tu m'as appris à aimer ma solitude et à avoir besoin d'elle.

J'ai une dette envers toi.

II

LES DÉSHÉRITÉS

Fabio Lucci sur les pistes de ski

Je n'aimais pas mon corps et je le camouflais sous des vêtements amples, larges et bon marché. Mes pulls torsadés délavés étaient aussi difformes que l'image que j'avais de moi-même.

J'étais toujours pauvrement et mal habillée, je n'avais pas les moyens de porter de la marque. J'achetais mes habits au centre commercial, au magasin Fabio Lucci, dans les marchés ou dans les friperies d'occasion. Sur mes photos d'adolescente, j'ai toujours l'air fringuée comme un garçon. Un grand pull, un bas de survêt, des baskets Atemi. Levi's était bien trop cher, la seule marque à laquelle j'avais droit était la marque Ober. Il y avait sur l'avenue Henri-Barbusse un magasin Ober tenu par un Iranien. C'est là que j'allais pour acheter un jean ou une salopette une fois par an. Le jean ou la salopette devait tenir un an minimum.

Les marques inspiraient le respect et définissaient la limite entre ceux qui avaient de l'argent et ceux qui n'en avaient pas. Au collège, Allan portait du Lacoste, du Reebok, et du Puma tous les jours. Smaïn avait toujours les dernières Nike Air aux pieds. Les filles aussi exhibaient la paire de baskets à la mode, les Reebok noires montantes ultra-féminines ou le survêt Adidas noir aux trois bandes blanches sur les côtés qui me faisait rêver.

Mon pire souvenir était celui de la classe de neige, la fameuse classe de neige où, dès que je le pouvais, je me frottais énergiquement à des épicéas.

Je n'avais jamais fait de ski auparavant. La veille, dans ma valise, j'avais pris deux joggings, trois pulls, une doudoune un peu rafistolée pas très épaisse achetée sur un stand du marché et une paire de gants en laine.

Je revois la tête de ma prof de sport lorsqu'elle m'a vue habillée comme ça pour aller sur les pistes de ski le premier jour. Elle m'a demandé d'aller enfiler rapidement ma combinaison. Je lui ai répondu que je n'en avais pas. Je n'ai pas osé ajouter que je n'avais aucune idée de ce que ça pouvait être. J'observais les autres élèves, il semblait que la combinaison de ski était ce vêtement qu'ils portaient tous, un haut et un pantalon en une pièce, chauds, molletonnés, de couleur vive, avec une ceinture pour la taille et une fermeture éclair du nombril au cou. Ils avaient aussi des moufles bien épaisses, des bottes adaptées pour la neige et des super lunettes fluo qui leur masquaient la moitié du visage, leur donnant un air de sportif haut niveau arrogant et téméraire. Ils avaient un look d'enfer, prêts à défier les sommets et les pentes.

Moi, j'avais l'air de quoi ? J'étais habillée comme pour aller chaque vendredi matin au collège Henri-Rouanet en cours d'EPS. Tous les élèves étaient regroupés devant le car qui devait nous mener sur les pistes. Tous me regardaient. Ils étaient sincèrement surpris et ce qui mettait un frein à leur raillerie habituelle, c'était la pitié qu'ils ressentaient à me voir plantée comme ça : mes baskets Atemi à moitié enfoncées dans la neige qui me mouillait déjà les chaussettes, ma doudoune pas assez chaude pour les montagnes en altitude, mon bas de survêt qui à la première chute serait totalement trempé.

Cette simple tenue trahissait toutes les vérités que je cherchais à dissimuler. Elle me mettait à nu devant le regard de cette assemblée d'élèves et de profs. À cet instant, je n'étais plus habillée, j'étais à poil devant eux. J'ai presque eu envie de mettre les mains sur mon pubis et mes seins. C'était obscène.

Plus que ma pauvreté, elle dévoilait mon ignorance. Elle montrait que non seulement j'étais pauvre mais qu'en plus je n'étais jamais allée à la neige de ma vie, que je ne savais même pas qu'il fallait une tenue spécifique, que moi et mes parents étions totalement étrangers à la notion de sport d'hiver mais surtout qu'on était étrangers tout court.

Elle montrait du doigt une fois de plus le mouton noir, la brebis galeuse venue d'ailleurs, détachée de son troupeau et s'aventurant marginale sur les pistes enneigées du sport occidental.

J'en ai voulu à mes parents, qui ont eu cette réponse consternante de sincérité pour se défendre : on ne savait pas.

Je leur en voulais précisément, justement, de ne pas savoir. Pourquoi ne savaient-ils pas ? Pourquoi personne dans cette famille ne s'était renseigné à propos du rayon sports d'hiver ?

Par chance, ce matin-là, un élève turbulent, Smaïn, avait tellement cassé les pieds de la prof qu'il avait été puni, il n'irait pas skier. Il a dû être pris de compassion en me voyant habillée ainsi devant le car, il est venu me voir et m'a dit qu'il pouvait me prêter sa combinaison rouge flamboyante avec des traits jaune fluo sur les côtés.

J'étais aux anges, je me suis dépêchée de la porter et j'avais vraiment l'air d'une championne de ski. C'est fou ce qu'une simple étoffe nous change intérieurement. Ce n'était pas une combinaison de ski que j'enfilais, j'enfilais la confiance en moi, je ressemblais aux autres, j'appartenais à leur groupe. J'étais en train de mettre mes vieilles baskets lorsqu'il a déboulé devant moi, l'air radieux, m'apprenant que la punition avait été levée et qu'il pouvait aller skier. Désolé mais faut que tu me rendes ma combinaison.

J'étais dépitée, j'ai eu envie de pleurer. Je me suis retenue. J'ai remis mon bas de survêt vert, mon pull torsadé rose, ma doudoune sur le dos, et au fur et à mesure que je me rhabillais, je m'éloignais de ce rêve que j'avais caressé un instant, un court instant : être comme les autres.

Les Misérables

Dans le collège, je voyais bien qu'il y avait plus pauvre que moi.

Guillaume-Aux-Grandes-Dents n'avait même pas les moyens de s'acheter du Fabio Lucci. Il portait des pantalons de chibani en polyester épais, avec des ourlets défaits et des baskets blanches d'ouvrier. Ses chemises auxquelles il manquait toujours un ou deux boutons étaient tachées de graisse ou de sauce qu'aucun lavage ne pouvait nettoyer. Il était très maigre et très grand, et ses pantalons lui arrivant à peine aux chevilles laissaient entrevoir des chaussettes usées dont l'élastique avait rendu l'âme et qui s'affaissaient sur le bord de ses baskets trouées. À cause de ses pantalons trop courts pour ses grandes jambes trop maigres, on lui chantait toujours « À la pêche aux moules, moules, moules, je ne veux pas y aller maman. » Mais ce n'était pas là sa pire humiliation. Nous avions une prof de français qui n'était pas loin de la retraite. Madame Bouquet, une petite dame brune à la mise en plis parfaite, tailleur impeccable, lunettes sur le nez et un tic de la bouche qui lui faisait faire un mouvement bizarre, serrait ses lèvres et mimait un « i » et un « u » sans ouvrir la bouche. Elle faisait ça en permanence et encore plus quand elle était contrariée.

Chaque cours de français débutait avec « la méthodologie ». Elle interrogeait un élève, et l'élève devait dire ce qu'il se trouvait sur sa table. C'était un examen noté qui devait nous apprendre à avoir toutes nos affaires. On décrivait ce qu'il y avait dans la trousse, devant la trousse, à droite et à gauche de la trousse. J'avais toujours 20 car j'étais très mé-tho-do-lo-gique. Pour avoir 20, il fallait dire : J'ai une trousse, dans ma trousse je vois quatre stylos bleu, noir, vert et rouge avec leur capuchon, j'ai un stylo plume et trois cartouches d'encre bleue, un effaceur, un crayon à papier, un taille-crayon, une gomme, un tube de colle, un feutre fluo, un compas. Devant ma trousse, je vois une règle. À droite, sur ma table, j'ai mon carnet de liaison et mon cahier de textes, à gauche, j'ai mon classeur et mon livre de français. Et on avait 20. La méthodo pouvait sacrément remonter notre moyenne de français.

Mais ce pauvre Guillaume-Aux-Grandes-Dents, assis courbé au fond de la classe avec ses genoux qui touchaient presque la table, avait toujours une note pitoyable à la méthodo. Quand le regard sévère et perçant de madame Bouquet tombait sur lui, on pouffait déjà de rire dans la classe. Lui, avec un grand sourire destiné à susciter la clémence de l'enseignante et masquer sa honte méthodologique, décrivait ce qui se trouvait sur sa table. J'ai un stylo bleu sans capuchon et une demi-règle. Silence. La prof fronçait les sourcils et son tic s'aggravait. C'est tout, Guillaume ? Oui madame. On riait tous aux éclats en nous tordant sur notre chaise. Taisez-vous. Guillaume, qu'est-ce que ça veut dire une demi-règle ? Elle est à moitié cassée madame. Nos rires explosaient encore plus fort. Taisez-vous. Guillaume, 2/20.

Il ricanait pour ne pas perdre la face. Nous riions de son dénuement. Nous étions d'une méchanceté sans borne, avec nos petites affaires bien disposées sur notre table et cette note insignifiante que nous étions bêtement fiers d'obtenir. Ce qui me rend le plus triste aujourd'hui c'est que jamais je ne me suis levée pour lui prêter un stylo, une règle, une feuille de papier. Jamais personne ne lui prêtait rien. Jamais personne ne s'est révolté contre madame Bouquet et ses méthodes aberrantes qui stigmatisaient ceux qui n'avaient rien.

Il était le pestiféré, le bouc émissaire assis au fond de la classe. Comme si la pauvreté était contagieuse, nous ne nous approchions jamais trop près de lui.

Il y avait Nouria qui habitait dans un pavillon encore plus délabré que le mien. Elle avait trois grands bergers allemands. Ses chiens, que personne dans cette famille ne prenait le temps de sortir, chiaient partout dans le jardin et dans la maison.

Lorsqu'elle m'invitait chez elle, je n'osais jamais dire non de peur de la vexer, mais c'était une épreuve à chaque fois. À peine ouvrait-elle le portail que les trois chiens accouraient en nous sautant dessus et en remuant leur queue frénétiquement. Il y avait de grosses crottes partout éparpillées dans le jardin. Il y en avait même dans le salon, sur le tapis, sur la moquette, sur le carrelage de la cuisine, c'était hallucinant, tout le monde trouvait ça normal, chez elle, d'aller et venir au milieu de cette merde canine. J'étais dégoûtée à chaque fois. Chez moi, on ne rentrait pas sans enlever ses chaussures. On aurait dû faire une exception pour Nouria car quand elle venait chez moi et enlevait ses chaussures, une odeur de pied empestait toute la maison et ma mère était obligée d'ouvrir les fenêtres. Je faisais attention à ne pas marcher sur les excréments, je n'osais rien toucher, rien boire ni manger, je me sentais sale en partant de chez elle. Ça sentait les pieds, la pisse et la merde.

Elle m'avait prévenue la première fois : tu sais à cause de mes chiens y a des crottes partout mais on s'y fait.

Je ne m'y suis jamais faite.

Nouria et sa sœur aînée vivaient avec leur mère et semblaient se placer au-dessus de ce genre de considération. L'atmosphère fétide et délétère ne les dérangeait pas plus que ça.

Sabine vivait comme Guillaume à la cité Gaston-Roulaud. Ils habitaient à six dans un petit logement de la cité. Je l'ai toujours vue avec des lentes et des poux dans les cheveux. C'est pour ça qu'elle avait une coupe garçonne. J'aimais bien son côté masculin. C'était ma pote et on était toujours fourrées ensemble. J'avais une peur viscérale d'attraper ces bestioles. Vous imaginez leur joie triomphante, à coloniser ma grosse touffe de cheveux, j'aurais mis des mois à les éradiquer. Mais ça ne m'empêchait pas de traîner avec elle.

Elle mentait souvent. Elle s'inventait une autre vie pour compenser la sienne, celle d'une adolescente pauvre de cité aux résultats scolaires médiocres et à l'avenir précaire.

Elle disait que sa mère était secrétaire médicale alors qu'elle était femme au foyer. Elle disait que son père dirigeait une entreprise de bâtiment alors qu'il était ouvrier. Elle disait que ses grand-parents habitaient un magnifique pavillon à deux pas de notre collège alors qu'ils habitaient un deux pièces pourri d'une cité à Bondy. Elle disait qu'elle avait un petit ami en terminale qui venait d'une famille aisée alors qu'aucun mec ne s'intéressait à elle.

Toute la merde de l'existence, elle y mettait de la beauté, du luxe, du rêve pour en atténuer l'odeur. Mais ses lentes et ses poux trahissaient ses mensonges et personne ne la croyait.

On avait ça en commun : je mentais aussi. Je disais que j'habitais le pavillon qui se trouvait à côté du mien. Un grand et beau pavillon de deux étages avec un magnifique jardin devant. J'avais fait croire à tout le monde que j'habitais là. Je ne pouvais inviter personne chez moi. Chez moi, c'était petit et miséreux. Un tout petit pavillon au fond d'un jardin anarchique.

On ne tondait jamais la pelouse, les sapins de part et d'autre du jardin avaient les troncs dégoulinant de sève et du lierre épais et tenace occupait tout le grillage. Les dalles en ciment étaient défoncées et cassées. Les branches épineuses des trois rosiers s'entremêlaient aux buissons de houx vert. Le néflier ployait sous son propre poids et il fallait soulever une de ses grosses branches pour pouvoir ouvrir le portail extérieur tout rouillé du jardin.

La maison comportait une sorte de salon étroit tout en longueur, une cuisine, une cabine de douche, des toilettes séparées et une grande chambre.

Je n'habitais certes pas dans une cité, mais je voyais bien que ce pavillon ne ressemblait pas aux pavillons charmants et spacieux de mes voisins ni à celui de certains amis et j'en avais honte.

Je mentais aussi sur la profession de mon père. Je tentais de lui donner un grade plus élevé. À l'époque, il retapait l'intérieur des appartements, et j'avais dit à tout le monde qu'il était architecte d'intérieur. Ma mère avait entrepris une formation d'aide-soignante, et je disais qu'elle était infirmière.

C'est pour ça que j'aimais Sabine, je comprenais si bien ses mensonges.

Elle avait une cousine qui habitait aussi à la cité : Fanny Boyeau. Toute la famille Boyeau me faisait peur. Son frère était fou. Léon Boyeau avait la morve au nez, d'énormes lunettes qui lui faisaient des yeux globuleux, le pantalon baissé à moitié, on voyait la raie de ses fesses en permanence, c'était charmant. Il portait hiver comme été une parka vert kaki sale dont la fermeture éclair était cassée et il avait toujours un petit poste radio coincé entre le cou et l'épaule qui diffusait des informations en boucle.

Dès qu'il croisait quelqu'un sur son chemin, il lui demandait : T'as pas une montre ? T'as pas une radio ?

Il répétait sa question sans arrêt en poursuivant le passant jusqu'à ce que ce dernier finisse par lui répondre.

Ce qui m'effrayait le plus chez lui, c'était son crâne. Sur le côté droit, il avait une étrange calvitie. Sur un cercle d'environ dix centimètres de diamètre, on voyait parfaitement la peau de son crâne. J'ai su qu'il était atteint de trichotillomanie et de trichophagie. Il s'arrachait compulsivement les cheveux à cet endroit de la tête et les mangeait.

Fanny était grosse et grande, les cheveux longs châtain clair et les yeux bleus. Tout le monde la respectait parce que tout le monde la craignait. Sabine l'aimait beaucoup, elle était sa protégée. Moi, j'évitais cette fille au maximum car je sentais qu'elle ne m'appréciait pas beaucoup.

Lorsque j'étais en quatrième, je m'étais un peu éloignée de Sabine. J'avais une nouvelle meilleure amie, Paola. Sa famille était italienne, elle était très belle et ressemblait à Brenda dans *Beverly Hills*. J'avais l'impression de réaliser un peu mon rêve hollywoodien en étant son amie. Paola portait de la marque, elle habitait dans un très beau pavillon de deux étages avec deux jardins devant et derrière, jouait au tennis, avait de longs cheveux châtains foncés soyeux et raides, des yeux verts en amande et était une excellente élève. Mon amitié avec elle était comme une promotion, une ascension vers un monde que j'enviais et que je convoitais.

Lorsqu'elle m'invitait à déjeuner chez elle, j'étais ravie car sa mère cuisinait à merveille des plats italiens, des raviolis maison au bœuf, des lasagnes, des pâtes fraîches à la sauce tomate onctueuse ou au pesto qu'elle faisait elle-même, des aubergines au four. Le basilic, l'huile d'olive et l'origan embaumaient sa cuisine spacieuse. C'est même grâce à elle que j'ai découvert la viande de cheval, un régal, un goût exquis et unique.

Paola avait un étage entièrement à elle. Elle avait une grande chambre, une salle de bain privée avec des toilettes et un petit balcon qui donnait sur un très beau cerisier. C'était comme un petit studio autonome au premier étage de la maison avec une porte séparée à droite du jardin. Elle pouvait entrer et sortir comme elle le voulait.

Je voulais avoir sa vie. J'enviais tout ce qu'elle avait. Je voyais bien pourtant qu'elle n'était pas bien dans sa peau. Elle se trouvait trop grosse et n'aimait pas la forme de son visage, qu'elle trouvait carrée et masculine. Elle détestait ses épaules et ses genoux. Je n'ai jamais réussi à comprendre d'où venaient ses complexes. Elle n'était pas du tout grosse et tous les garçons du collège la trouvaient sublime. Mais elle, elle ne s'aimait pas. En cachette, elle se faisait vomir. Je l'avais surprise une fois dans les toilettes du collège. Elle m'avait dit que ça lui arrivait plusieurs fois par semaine. Elle ressentait le besoin de faire sortir d'elle la nourriture avalée parce que ça la dégoûtait d'avoir autant mangé. Elle se trouvait énorme. Elle se rongeait les ongles et la peau autour des doigts. Elle cachait toujours ses mains dans les manches de ses pulls qu'elle tirait au maximum. Elle était d'une timidité maladive. Elle ne regardait jamais personne dans les yeux quand elle parlait.

Si j'avais eu sa vie, sa chambre, son visage, son corps, même ses épaules et ses genoux, j'aurais parlé à n'importe qui pour lui raconter ma vie. J'aurais étalé ma chance et ma beauté à la face du monde, j'aurais marché la tête haute dans les rues. Fière et invincible, j'aurais défié la vie dans un grand sourire plein de confiance. Mais Paola, la douce Paola, rasait les murs, elle se faisait toute petite, invisible, elle voulait vivre sans faire de bruit.

J'étais subjuguée par le monde de Paola et sa personnalité. Alors, j'avais un peu laissé de côté Sabine et ses poux, Sabine et ses mensonges, Sabine et ce monde de la banlieue sans horizon ni oxygène, terne et triste.

Je savais qu'elle m'en voulait. Elle n'avait rien dit mais je le voyais bien dans son regard quand je la croisais dans les couloirs du collège ou dans la cour.

Un après-midi, j'étais allée avec Paola au G20 à côté de la cité pour y acheter des friandises. On avait pris nos vélos et le mien était rutilant. Un super VTT qu'on venait de m'offrir. En sortant du magasin, on est tombées sur la bande à Fanny. Sabine était là aussi. Elles nous ont vues et se sont approchées. Fanny a crié : Regardez-moi ces bouffonnes, elles sont là avec leur petit vélo tout neuf acheté par papa-maman parce qu'elles ont bien travaillé à l'école. Et elle a donné un gros coup de pied dans mon vélo qui est tombé avec fracas sur le sol. J'étais tétanisée. Puis elles se sont toutes mises à défoncer mon vélo à coup de pompes. Je n'ai même pas réussi à articuler un mot. Je les regardais faire et soudain j'ai eu peur qu'après le vélo, elles s'en prennent à moi alors je me suis enfuie en courant. Paola aussi a pris son vélo et est rentrée. Le sien n'avait reçu aucun coup de pied. C'est à moi que la grosse Fanny s'en prenait. C'était très clair.

Je suis allée me réfugier dans ma chambre. Je pensais à mon vélo et je me demandais dans quel état j'allais le récupérer. Mon père est rentré du boulot et je lui ai tout raconté. Il est devenu furieux. Il a pris sa voiture et je suis montée avec lui à la recherche du vélo et de Fanny. Mon vélo n'avait pas bougé de place, il était par terre devant le G20, les roues cassées, le siège déchiré, le guidon tordu. On a ramassé l'épave et on l'a mis dans la voiture. Il m'a demandé où elle habitait. Je savais que c'était à la cité Gaston-Roulaud mais je n'avais aucune idée du bâtiment ni de l'étage.

On est entrés dans la cité et on a demandé à des jeunes qui squattaient en bas d'un immeuble. Ils nous ont dit que c'était au quatrième étage du bâtiment D. On est montés et on a frappé. Une femme enceinte, dans les bras un bébé au visage sale d'environ deux ans, a ouvert la porte. Elle avait le teint rouge et les cheveux longs et gras. C'est pour quoi ? C'est à propos de votre fille, elle a cassé le vélo de ma fille sans aucune raison. Ah, laquelle de fille ? J'ai regardé la dame et j'ai répondu Fanny. Ah celle-là, elle nous cause toujours des problèmes. À ce moment-là, un homme est apparu dans l'embrasure de la porte accompagné d'un garçon de 4 ans curieux comme un petit chat, il voulait savoir lui aussi ce qui se passait là-dedans. L'homme était mal rasé, grand, costaud avec un énorme ventre et de grosses mains bouffies. Il avait le teint encore plus rouge que la mère. Il portait un débardeur jauni dont la blancheur originelle n'était plus qu'un lointain souvenir. Qu'est-ce qui se passe ? Son haleine puait l'alcool. On a réexpliqué la raison de notre venue. Fanny, elle est complètement tarée, vous savez qu'elle m'a dénoncé aux flics, moi son propre père, pour une histoire d'attouchements qu'elle a inventée. Je vais lui donner une bonne raclée, désolé monsieur pour tout ça. Si on avait du fric, on vous réparerait le vélo, mais on n'a pas un sou.

Je me croyais dans *L'Assommoir* ou dans *Les Misérables*. C'était l'époque où je dévorais les romans réalistes et naturalistes du XIXe siècle et j'avais en face de moi le spectacle vivant et contemporain de mes lectures.

On est repartis vers la voiture. J'étais pas à l'aise. J'avais pas envie que ce père dégoûtant cogne sa fille à cause d'une histoire de vélo. Ça ne devait pas être la joie dans cette famille. Ils étaient combien à vivre là-dedans, combien d'enfants ? Je m'en voulais d'avoir embarqué mon père dans cette histoire. Il s'était un peu calmé mais à la vue du vélo à l'arrière de la voiture, sa colère est remontée. On roulait vers la maison en silence et là j'ai vu Fanny Boyeau qui marchait tranquillement dans la rue. C'est elle ! C'est Fanny ! Mon père est monté avec la voiture sur le trottoir pour lui barrer le chemin et a freiné sec. Il est descendu comme un fou sans refermer la portière. Il l'avait coincée et elle avait peur, ça se voyait. Elle a regardé dans la voiture et elle m'a vue, c'est là qu'elle a compris. Mon père s'est approché avec son index bien dressé à quelques centimètres de son nez.

Écoute-moi bien, la prochaine fois que tu touches à ma fille ou à ses affaires, je t'égorge en pleine rue, nous on est des Iraniens, on rigole pas, d'accord ? T'as compris ?

Elle s'efforçait de sourire pour ne pas perdre la face, un « oui » discret est sorti de sa bouche crispée.

J'avais très peur de la croiser au collège le lendemain. Mais je ne l'ai pas vue durant trois jours. Le quatrième jour, je suis tombée sur elle dans la cour à la fin de la récréation du matin et elle m'a souri puis elle m'a demandé l'heure avec beaucoup de politesse. Je n'en revenais pas. C'était louche. Est-ce qu'elle préparait une vengeance ? Je restais sur mes gardes. Les jours suivants, elle me saluait avec le même sourire sincère et sans la moindre manigance. J'ai fini par comprendre qu'elle me respectait, aussi étrange que ça pouvait paraître, et qu'elle ne me ferait plus de mal. Comme elle me respectait, les autres filles de sa bande aussi se sont mises à me respecter. Leur respect avait un goût amer. J'aurais aimé qu'elle continue de me maltraiter et de m'agresser. J'aurais aimé qu'elle se venge. Je ressentais une immense tristesse face à sa résignation, elle avait donné raison à la violence de mon père, à la violence de son père aussi probablement, à la peur qu'elle avait ressentie ce jour-là et que j'avais vue clairement dans ses yeux bleus. Elle me démontrait que la loi du plus fort, la loi violente des hommes, gagne toujours, que la menace, l'intimidation et la peur l'emportent. J'en étais écœurée.

Kali était tout l'inverse de Fanny. Elle était petite, maigre et brune, le hâle foncé d'une gitane et les yeux noirs qui vont avec. Elle avait des ongles longs, sales et à moitié cassés. On aurait dit un petit animal farouche.

Je l'imaginais vivre dans la forêt, au milieu des bêtes, à chasser elle-même le gibier, un couteau coincé entre les dents. Il y avait en elle une force et une indépendance qui semblaient dire à tous : je n'ai besoin de personne.

Ses cheveux longs très noirs, toujours attachés en queue de cheval, faisaient penser au plumage d'un corbeau. Ils étaient souvent gras, presque huileux. Elle s'habillait comme un garçon, pantalon de survêt, haut large et baskets. Son petit corps maigre mais résistant était camouflé de vêtements achetés sur des stands de marché tenus par des Sri Lankais et certaines friperies à cinq francs où les articles formaient un gros tas posé pêle-mêle sur une grande planche de bois.

Elle s'imbibait les cheveux d'huile de coco. Elle sentait la sueur mêlée à de la noix de coco. Elle avait un petit flacon sur elle, ça lui arrivait d'en mettre pendant le cours, elle en recueillait dans la paume de sa main, attrapait sa queue de cheval, la lissait frénétiquement et la rejetait en arrière d'un geste sec.

Son parfum, c'était Démon, d'Eau Jeune. Moi, je m'aspergeais de L'Orientale, de la même marque. Quand on était assises l'une à côté de l'autre en cours, la sueur, la noix de coco et les odeurs de pêche, de cassis et de vanille de son Eau Jeune se mélangeaient aux odeurs boisées et épicées de la mienne et j'avais la tête qui tournait pendant tout le cours.

Fanny et Kali avaient dans les yeux la même lueur de rage et de violence. Elle aussi m'a agressée une fois.

C'était notre dernier cours de la journée et en sortant du collège, j'ai surpris une conversation entre Kali et ses copines à propos d'un garçon sur lequel elle craquait. J'étais étonnée de l'entendre parler de ça. C'était pas son genre de s'intéresser aux mecs. Curieuse, je me suis approchée d'elles. Elles marchaient lentement.

Kali rougissait en évoquant ce garçon et riait nerveusement, son visage s'était transformé, devenu plus doux et presque joli. Ses copines, des filles fortes au regard dur, étaient amusées par son récit et leur visage plus humain me faisaient moins peur. Je me suis sentie soudain si proche d'elles que j'ai eu envie de plaisanter, j'ai lancé haut et fort : Mais vas-y, dis-lui que tu craques et va l'embrasser !

Là je ne sais pas ce qui s'est passé. J'ai senti une brûlure vive sur la joue, puis une autre au niveau du cou et encore une autre sur le front. Ensuite, une main a agrippé mes cheveux en les tirant très fort en arrière et je suis tombée, le visage en feu.

J'ai ouvert les yeux et j'ai vu Kali au-dessus de moi qui me fixait avec des yeux rouges de rage. C'est la dernière fois que tu parles comme ça. Je t'explose la tête si tu le refais. Ses copines riaient en s'éloignant de moi et l'une d'elles a donné un gros coup de pied dans mon sac à dos.

Ma copine Nouria m'a aidée à me relever. Putain, elle t'a griffée comme un chat, ou plutôt comme un tigre. J'ai regardé mon visage dans le rétro d'une voiture et trois belles balafres me traversaient le visage. Elles étaient profondes et saignaient légèrement.

J'étais défigurée. J'hésitais à rentrer chez moi, mais je n'avais nulle part où aller. Nouria m'a proposé d'aller chez elle. Pourquoi faire ? Il fallait que je rentre de toute façon. Mais la vérité c'est qu'à cet instant, je n'avais pas la force d'aller chez elle m'asseoir au milieu de ses chiens fous remuant leur queue pour sentir leur merde qui s'étalait partout.

J'ai soulevé la branche du néflier pour ouvrir le portail. Mon père et ma mère étaient dans le jardin. Mon frère jouait au ballon. Mon père en voyant mon visage s'est levé immédiatement de sa chaise. Qui t'a fait ça ? J'ai rien dit, je ne voulais pas revivre le même scénario qu'avec Fanny Boyeau. Qui t'a fait ça ? C'est rien, je me suis battue. C'est une fille ou un garçon qui t'a fait ça ? C'est une fille, j'ai dit un truc, ça lui a pas plu, et voilà. Tu l'as frappée aussi ? J'ai pas eu le temps. Dépêche-toi, monte dans la voiture, on va chez elle. Non, je veux pas revivre le même truc qu'avec la famille Boyeau. Elle te respecte maintenant cette fille, monte.

Je savais où habitait Kali. Un petit pavillon un peu comme le nôtre, mal entretenu, un bric-à-brac pas possible dans le jardin et toujours beaucoup de monde chez elle à hurler très fort.

Mon père conduisait comme un fou jusqu'à chez elle, il répétait en persan, regarde-moi ça ce visage, le visage de ma fille, c'est une folle. Comment elle s'appelle cette folle ? Kali.

Nous avons sonné et un jeune homme qui devait être son grand frère est apparu sur un petit balcon dont la balustrade était cassée et rouillée. Tu veux quoi ? Mon père a pris mon visage dans sa main et il l'a tendu pour que l'autre le voie bien. C'est Kali qui a fait ça à ma fille, descends qu'on parle un peu, t'es qui ? son frère ?

Une femme, clope au bec, les yeux comme de petits charbons plantés au milieu d'un visage décharné et sévère est apparue sur ce balcon. C'était sa mère.

D'une voix cassée, rocailleuse, provenant des entrailles de l'enfer, elle nous a insultés de tous les noms. Elle avait un fort accent slave. Dégagez de chez moi, va te faire foutre avec ta fille, fils de pute, dégage, je t'envoie mes fils si tu pars pas.

Le fils a ajouté, Dégage connard, t'as entendu, tu vas faire quoi là ?

Mon père n'a même pas dit un mot, il a attrapé ma main, m'a jetée dans la voiture et il a démarré à toute allure. Tu sais avec ces gens-là, il faut juste fuir c'est tout, fuir très très loin d'eux. Ne t'approche plus jamais de cette Kali.

Sabil était une autre terreur du collège. Il vivait aussi à la cité. Sabil-La-Terreur était énorme, petit et méchant. Une grosse boule de graisse et de méchanceté. Il vannait tout le monde en lançant ses flèches acerbes, vulgaires, corrosives, là où ça faisait le plus de mal jusqu'à nous arracher les larmes. Il avait l'art de planter la moquerie dans la chair, dans la région la plus fragile de l'âme, jusqu'à laisser une blessure vive et une cicatrice ineffaçable. Ce n'était pas des vannes, mais des injections de venin sous la peau qui agissaient encore des années après. Il nous brisait avec une phrase, un mot en riant très fort et puis il passait son chemin.

Je le fuyais comme la peste. J'étais sa proie idéale avec ma grosse touffe de cheveux indomptables, mes poils, ma moustache, mon mono-sourcil, mes habits Fabio Lucci. Dès que j'entendais sa voix dans les couloirs du collège, dans le bus scolaire, au détour d'une rue, dans un hall de la cité, je changeais de direction.

Un jour, une fille du collège qui boitait suite à une malformation de naissance est passée devant lui et Sabil-La-Terreur a crié : Pourquoi elle boite ? Parce qu'elle s'est fait broyer la chatte ! Et je suis sûr qu'elle a aimé ça, la salope. Tout le monde a ri, non pas parce que c'était drôle mais parce que si on n'avait pas ri, il nous aurait pris pour cible.

J'ai eu pitié d'elle. Évidemment, elle n'a rien dit. Elle a continué de marcher en boitant jusqu'à l'entrée du collège puis elle a disparu.

Je lui devais mon surnom de Barre de Shit qu'il martelait chaque fois qu'il me voyait.

Un jour, je l'ai surpris dans une des rues pavillonnaires proches du collège. Il était seul, assis sur le rebord du trottoir. Au milieu de ses jambes grand ouvertes, des emballages de gâteaux, de chocolat, de chips, de sodas. Il engloutissait toutes ces cochonneries à pleines mains, sans lever la tête.

Je me suis arrêtée net, j'avais peur qu'il me surprenne en train de l'épier, mais de là où j'étais, je suis restée encore un moment à le regarder.

C'était pas beau à voir. Je me suis demandé s'il se faisait vomir comme Paola.

Il avait des morceaux de chips et de gâteaux accrochés à son pull, des traces de chocolat autour de la bouche, on aurait dit un gros bébé glouton qui s'engraissait pour se protéger du monde.

C'est la seule fois où j'ai eu pitié de lui. Dans la grande marre de graisse et de cruauté pataugeaient, en tendant la main, sa détresse et son mal-être.

Je traverse chaque jour le pont de Drancy pour prendre le RER et me rendre à Paris.

Un pont imposant, massif, lourd et laid. Poutre en treillis de béton armé gris foncé fait d'une suite de X géants debout se tenant la main.

Chaque X a en son centre un grand pot de fleurs accroché. Dans les pots, rien. Une rangée de pots vides accrochés à chaque X du pont. J'ai compté : 40 X au total, 40 pots de fleurs vides.

Un jour de septembre en fin d'après-midi, le soleil s'est mêlé à la pluie et un magnifique arc-en-ciel est né au moment où j'empruntais le pont. C'est la première fois que je voyais un arc aussi complet. Auparavant je me demandais toujours où naissait et se terminait un arc-en-ciel, là je le voyais clairement, il allait de part et d'autre de la gare, entourant parfaitement le paysage de chemins de fer, de touffes d'herbes et de buissons parmi les rails où allaient et venaient les transiliens, les RER et les trains de marchandises.

Je suis restée là debout à le regarder. J'ai imaginé une licorne qui courrait sur les rails. Une licorne qui monterait sur l'arc-en-ciel et qui m'emmènerait vers un monde innocent, pur, joyeux.

J'ai jeté ma cigarette par-dessus le pont et elle a atterri sur le grillage suspendu juste en bas qui doit probablement empêcher les désespérés de sauter.

J'ai regardé la fumée de ma cigarette s'élever et dessiner des arabesques dans le ciel puis s'éteindre.

L'arc-en-ciel disparaissait lentement en se diluant dans le ciel. La licorne s'en est allée et il n'y avait plus qu'une bruine sale et agaçante sur mon visage.

III

LA LIGNÉE

Sur la plage abandonnée, coquillages et crustacés

Je détestais ce mot : les vacances. Cette période de l'année : les vacances. Cette obsession de tous : les vacances.

On ne partait pas en vacances, nous. Mon père travaillait sur les chantiers l'été parce que c'était le moment où les gens refaisaient leur cuisine, la peinture de leur appartement, le carrelage de leur salle de bain.

Ma mère n'allait pas voyager seule avec ses deux enfants. L'idée ne lui a jamais effleuré la tête. Elle aurait trouvé ça totalement absurde.

Je ne partais pas en vacances. C'est comme ça. Rien à faire. Je passais les deux mois de l'été à Drancy. Un Drancy désert, vidé de ses habitants, même le marché du dimanche matin était triste et silencieux. La plupart des commerçants avaient fermé boutique. Il y avait une atmosphère de quarantaine. C'était glauque.

Il ne restait dans cette ville abandonnée que ceux qui ne pouvaient se payer le luxe de partir ailleurs.

Je me souviens de ces longues journées. Je massacrais les heures une à une. Le jour, je lisais, allongée sur mon lit, j'écoutais en boucle dans mon walkman Misery et Temptation de la chanteuse Indra, je faisais du vélo, seule dans les rues vides, durant ces après-midi assommants de chaleur, de sieste et de torpeur. La nuit, j'écoutais la radio car il faisait trop chaud pour pouvoir s'endormir. Dans la moiteur nocturne, les paupières lourdes, je rêvassais à une autre vie, une vie de voyages, de vacances interminables et régénérantes, de robes fleuries et de paréos, de peau bronzée faisant ressortir la blancheur des dents, de sable fin que l'on emporte avec soi dans ses bagages en rentrant.

Et toujours l'ennui qui scandait les heures du jour et de la nuit. Dès le début des grandes vacances, l'Ennui pointait son nez, il me faisait coucou de la main et son regard était celui de la fatalité. Il devenait peu à peu le seul ami en ces heures de solitude, fidèle, collant, agaçant, comme le pot-de-colle dont on voudrait se débarrasser mais qui nous suit partout, nous tourmente, nous harcèle.

Je me souviens de mes amis qui me posaient toujours la même question : Tu pars où en vacances, toi ? Je pars pas. Pourquoi ? Je sais pas. On a nulle part où aller et mon père travaille l'été. Mais tu vas rester là les deux mois ? Oui.

J'enrageais de ne pas partir. Je criais à l'injustice. Tout le monde en France partait en vacances, même ceux qui n'étaient pas riches. J'avais des tas de copines qui habitaient à la cité et qui partaient au bled pour les vacances. Ce n'était pas une question d'argent, c'était autre chose.

Au départ, j'ai essayé de comprendre en me disant que c'était culturel. Mes parents ne sont jamais partis en vacances en Iran. C'est un concept moins étendu qu'en France. Seules, quelques familles iraniennes aisées, possédant une maison secondaire au bord de la mer Caspienne, partent durant l'été. Les vacances étaient donc en Iran beaucoup plus qu'en France une affaire de classe sociale.

Mais ça ne pouvait pas me satisfaire. Pourquoi alors mes copains qui avaient comme moi une double culture partaient, au bled pour la plupart ? Eux pouvaient repartir dans leur pays, rendre visite à leurs proches restés là-bas, nous, on ne pouvait pas parce qu'on était réfugiés. Et les familles de double culture qui partaient dans le sud de la France alors ? Les parents étaient nés ailleurs mais les enfants étaient nés en France. La culture française était davantage présente dans leur vie et leurs habitudes. Ils semblaient mieux « intégrés » et ce qui me faisait souffrir et était à l'origine de mes crises de rage, c'était précisément ça : on n'était pas intégrés. Malgré tous mes efforts pour l'être, on ne l'était pas.

C'était le spectre de l'exil, de l'étranger, du métèque qui m'empêchait de partir en vacances. On n'était pas comme eux et on ne le serait probablement jamais. Ça me rendait dingue.

Je n'en pouvais plus d'être différente. Depuis notre arrivée en France, on ne faisait rien comme les autres. On ne pouvait pas simplement se fondre dans la masse, faire comme eux, se comporter comme de vrais Français, choisir une destination, mettre les valises dans le coffre et aller planter une tente dans un camping pas loin d'une plage, s'étendre sur une serviette, se baigner, dépenser un peu d'argent et rentrer ? Non, il fallait que la différence émerge et dégage sa sale odeur.

Et toute cette énergie dépensée à la justifier, à lui donner raison, sens, valeur, à tenter d'embellir ce que je considérais comme une tare.

Nous sommes partis en vacances un beau jour de juillet 1994.

La petite stalinienne de l'intégration française que j'étais avait réussi à implanter de force son concept de vacances au sein de sa famille.

Nous partions en vacances et ce, de plus en plus régulièrement. Nous avions même fini par élire un lieu, le lieu attitré de nos vacances, avec cette habitude et cette fidélité qui nous remplissaient d'un sentiment de sécurité. Le côté rassurant de l'habitude. Ce lieu c'était les étangs d'Attin.

Les étangs d'Attin, comme leur nom l'indique, comportent plusieurs étangs situés entre Le Touquet et Berck-sur-Mer dans le Pas-de-Calais, tout au nord de la France.

Par quelle magie ou quel coup du sort mes parents choisirent ce lieu demeure une énigme pour moi jusqu'à ce jour. Peut-être étaient-ce ces petits bungalows dont ils étaient tombés amoureux, une sorte de petite maison en bois qu'ils louaient à la semaine ? Ou bien les fameux étangs dans lesquels on pouvait pêcher ? Trois ou quatre assez grands et bordés de saules pleureurs sur lesquels on avait parfois la chance de voir barboter deux ou trois canards. Les étangs étaient entourés de marécages dans lesquels mon frère s'amusait à enfoncer le bout de son pied pour faire peur à nos parents. Il se croyait dans cette scène d'*Indiana Jones* où les protagonistes s'enfoncent dans des sables mouvants. Il n'y avait strictement rien à faire. Nous tuions le temps avec mon frère en jouant à Tetris dans notre bungalow qui sentait le bois humide. Nous nous aventurions parfois à la cafétéria du camping où se trouvaient un flipper et un vieux baby-foot. Là, sans grand enthousiasme, nous nous disputions quelques parties en sirotant des limonades et en écoutant la radio branchée en permanence sur Chérie FM tandis que nos parents fumaient des cigarettes en buvant du thé assis sur la petite terrasse en bois en face du bungalow.

Finalement, les parties de pêche dans ces étangs constituaient les instants les plus palpitants.

Je me souviens de mon frère et moi en train de relâcher dans l'eau un poisson, une petite truite, que nous ne voulions plus tuer, le cœur plein de regret et de culpabilité. Nous n'arrivions pas à lui enlever l'hameçon et nos doigts commençaient à saigner. Une authentique boucherie.

Nous avons finalement réussi à lui enlever l'hameçon et à lui rendre sa vie et sa liberté mais avec une mâchoire mutilée.

Aux étangs d'Attin, il faisait toujours humide et on avait les bottes remplies de boue. Il pleuvait trois jours sur cinq.

Chaque été nous y serions.

Agha Joon

Mon grand-père, qu'on appelait Agha Joon, « Monsieur Chéri » en persan, était un homme très drôle. Il venait de juillet à septembre en France avec ma grand-mère et ma tante. Il aimait beaucoup la bière. En Iran, elle était interdite. La France était pour lui le pays où il pouvait en boire tant qu'il voulait, même si chaque gorgée aggravait son asthme. Au bout d'une seule bouteille, il devenait rouge comme une tomate, sifflait comme une locomotive à vapeur, tremblait de tout son corps quand il toussait et riait bêtement. Une 1664 de 33 cl le rendait totalement ivre. Il se mettait ensuite à danser et à imiter une femme aux invisibles gros nichons qu'il soulevait pour les balancer derrière son dos. J'étais subjuguée par ce spectacle. Ma mère inquiète le suppliait d'arrêter et très souvent son spectacle de cabaret finissait dans un lit où allongé sur le dos, une main sur la poitrine, une autre portant à sa bouche de grosses bouffées de Ventoline, il murmurait les yeux fermés d'obscures incantations. Mon frère disait qu'il ressemblait à une baleine échouée sur le rivage.

Parfois, il disparaissait pendant des heures. Il prenait son cabas et disait qu'il sortait. On ne savait jamais où il allait. Il partait toute la journée arpenter les rues de Drancy. Ça lui arrivait de pousser son errance plus loin jusqu'à La Courneuve ou Bobigny. Il revenait à la tombée de la nuit avec juste une baguette dans son sac et restait silencieux et pensif toute la soirée.

Un jour, je l'ai trouvé à la station du tramway Escadrille-Normandie-Niémen, au carrefour des Six-Routes. Il était sorti tôt dans la matinée. La nuit allait tomber et je partais à Paris rejoindre des amis quand je l'ai aperçu assis tranquillement sur le banc de la station, il regardait passer les trams. Je suis allée lui demander ce qu'il faisait là. J'aime bien m'asseoir sur ce banc et regarder les gens qui descendent et montent.

Il avait ramassé des tickets usagés qu'il tenait dans sa main. Mais enfin Agha Joon tu peux pas rester là comme ça ! Pourquoi je ne peux pas ? C'est le seul endroit où il y a du monde qui va et vient. Y a personne dans les rues de cette ville. Je préférais quand vous habitiez à Paris, y avait toujours beaucoup de monde dans la rue.

Je suis montée dans le tram pour aller prendre la ligne 5 à Bobigny et à travers la vitre, je l'ai vu s'éloigner de moi, toujours assis sur son banc avec sa grosse carrure de lutteur iranien, sa barbe et ses cheveux blanc de neige.

Il avait aussi de drôles de manies. Par exemple, il cachait les savons de la maison. Il disait qu'il les rationnait. Il voulait toujours faire la vaisselle, il ne supportait pas que ce soit nous car nous gaspillions le liquide vaisselle et l'eau chaude. Il poussait tout le monde en retroussant ses manches. Les assiettes étaient toujours mal lavées et gardaient une vague odeur de poisson.

Lui ne se lavait quasiment pas, il fallait insister et se disputer avec lui pour le pousser à prendre une douche. Pourtant sa mère, qui était kurde, avait travaillé des années durant dans un hammam à Téhéran, à frictionner, gommer, masser le dos des clientes. Son dos, ses mains, ses doigts étaient devenus crochus à cause des rhumatismes et de l'arthrose provoqués par l'humidité du hammam.

Il ne parlait pas un seul mot de français mais passait des heures au marché de Bobigny, qu'il prononçait Mobigny et surnommait le marché des Mendiants en comparaison de celui de Drancy, plus cher et chic.

Il marchandait sans connaître les nombres en français. Il n'avait aucune envie d'apprendre quelques mots de la langue, il se disait très paresseux. Il montrait son appareil auditif et sa bouche pour insinuer qu'il était sourd et muet en prenant un air triste et affligé. Ainsi, il cherchait à susciter la pitié mais surtout à obtenir le produit convoité au prix qu'il s'était fixé dans la tête.

Il montrait ses doigts pour le prix. Un doigt = 1 franc, un demi-doigt = 50 centimes, deux doigts et demi = 2 francs 50. Il marchandait pour tout et insistait pour faire les courses systématiquement. Cela pouvait prendre des heures à cause de son marchandage tenace et passionné.

Il adorait acheter du pain et d'ailleurs c'est le seul mot qu'il avait appris : une baguette. Il en profitait pour draguer les vendeuses de boulangerie qui s'étaient prises d'affection pour lui.

Dans sa géographie de Drancy, il y avait essentiellement deux boulangeries : la boulangerie des Belles et la boulangerie des Méchantes.

La boulangerie des Belles était celle de la cité Gaston-Roulaud. Elles étaient trois sœurs, blondes et bien en chair, gentilles et souriantes. Celle des Méchantes était située à la cité Paul-Eluard, juste avant les Six-Routes.

Une vieille dame brune, maigre au visage sévère et aigri, tenait la caisse et n'appréciait ni mon grand-père ni ses manières ésotériques.

Il se prenait à rêver d'une vie ici en France où il aurait une boulangère blonde française avec qui boire de la bière. Ma grand-mère riait et rétorquait que la pauvre femme ne tiendrait pas une semaine.

Il avait aussi la manie de s'approcher systématiquement des enfants qu'il croisait dans la rue. Il leur touchait les cheveux, les joues, le menton. S'il avait un bonbon dans la poche, il le tendait avec un grand sourire qui laissait découvrir une dentition déplorable digne de Beetlejuice.

Lorsqu'il allait chercher mon frère à la sortie de l'école Roger-Salengro, il ne savait plus où donner de la tête. Le portail de l'école s'ouvrait et soudain des centaines d'enfants couraient partout, il essayait de jouer avec eux, de courir derrière eux, d'en attraper un, il tendait des bonbons par poignées, on aurait dit un ours étourdi au milieu d'un essaim d'abeilles. Mon frère baissait les yeux et détournait la tête. Aucun adulte ne se comportait ainsi. Il en avait un peu honte. Je ressentais la même honte, enfant, lorsque Agha Joon m'attendait à la sortie de mon école à Paris. Il s'adressait aux enfants en persan, il riait très fort, il leur faisait des chatouilles, il leur pinçait les joues, j'étais tellement gênée que je voulais disparaître sous terre.

Il avait un genre de folie que je lui enviais. Par exemple, un après-midi où ma mère se teignait les cheveux blancs, il a bondi dans le jardin où nous étions, a volé le bol qui contenait la couleur châtain foncé et à pleines mains il a badigeonné ses cheveux, sa barbe, ses sourcils blancs. Ma mère et ma grand-mère ont crié et lui, il riait comme un enfant. Une heure plus tard, il ressemblait à un monstre mi-ours mi-zèbre. Il n'avait pas appliqué uniformément la couleur, il avait des touffes de cheveux bien noires et d'autres bien blanches. Ses sourcils ébouriffés devenus noirs faisaient peur, il ressemblait à un bandit russe évadé du bagne.

Ma grand-mère l'appelait « Loulou », comme les enfants appellent les ogres en Iran.

La Grosse Bertha

Un été, mon oncle d'Allemagne est venu nous voir avec sa femme allemande que je surnommais la Grosse Bertha.

Mon oncle avait quitté l'Iran et était parti étudier en Allemagne à l'âge de 22 ans. Il avait brillamment réussi ses études, était devenu ingénieur haut placé dans une grande entreprise allemande et avait rencontré sa future femme à Cologne. Elle était dix ans plus âgée que lui et se comportait comme une mère possessive à son égard. Il se laissait faire, gentil et docile, et semblait trouver dans ses bras une sorte de consolation anesthésiante qui rendait moins dure la séparation et l'éloignement de sa propre mère. Mais je me méfiais de cette consolation car je voyais bien que mon oncle étouffait. Elle voulait tout contrôler et ils se disputaient en permanence. Il piquait des crises comme un adolescent devant sa mère autoritaire.

Elle était obèse, avait de longs cheveux blonds soyeux et deux gros yeux globuleux et écarquillés d'un bleu très clair, tellement clair qu'on aurait dit transparent. J'avais peur d'elle. Elle était très lunatique. Elle se levait le matin et semblait ne reconnaître personne, ne lâchait pas un mot de la journée et fronçait les sourcils en permanence. Le lendemain, elle était souriante, bavarde, affable. Son rire retentissait très fort, comme un camion qui déboule sur une route de campagne. C'était à n'y rien comprendre. Nous vivions dans un climat de terreur car on ne savait jamais quelle humeur allait s'abattre sur nous.

Nous faisions tout pour nous faire accepter d'elle.

On se pliait en quatre pour ses gros yeux terrifiants. Quand elle venait chez nous, elle colonisait l'espace. Ses affaires traînaient partout, chaque pièce de la maison semblait lui appartenir. Un jour, ma mère, ne tenant plus, lui a fait une remarque. Une simple remarque très polie exprimée avec délicatesse. Elle l'a gentiment priée de laisser ses affaires dans la chambre qui lui était destinée car le salon et la cuisine étaient des espaces communs. La Grosse Bertha n'a pas supporté cela, sa bouche s'est contractée, ses traits se sont durcis, la vexation et la colère se lisaient sur son visage pâle. Elle a tout ramassé d'un geste agressif et nerveux et elle n'a plus dit un mot jusqu'à son départ.

Elle ne supportait pas certains plats iraniens. Elle le disait haut et fort. Elle entrait dans la cuisine, se mettait à renifler, déclamait que ça sentait mauvais en faisant une mine dégoûtée et qu'elle mangerait autre chose. Elle ne digérait pas les oignons frits, or toute la cuisine iranienne est à base d'oignons frits, c'est l'élément indispensable. Ma mère faisait donc deux sauces, l'une pour nous avec des oignons frits, l'autre pour elle, sans. La Grosse Bertha trouvait ça normal qu'on fasse ça pour elle. C'était un dû. J'enrageais devant ce spectacle rabaissant, humiliant, revoyant là des millions d'Iraniens qui ont courbé l'échine devant les Grecs, les Arabes, les Mongols, les Turcs, les Anglais, les Russes, devant n'importe quel oppresseur à travers les siècles de leur histoire.

Se faire accepter d'elle, qu'est-ce que ça voulait dire ? Et pourquoi cherchait-on à le faire ? Pourquoi ne cherchait-elle pas à se faire accepter de nous ? Ça aurait été logique non ? Nous étions une famille, nous étions plus nombreux, nous avions une même culture, une même langue, une même cuisine, c'était elle l'étrangère qui venait chez nous mais c'était à nous de nous faire accepter d'elle ?

L'hospitalité iranienne, quelle foutaise ! C'est faire des courbettes face à un étranger qui nous insulte, nous prend de haut et nous considère comme ses domestiques.

Mon grand-père faisait tous les efforts du monde pour se comporter comme un être parfaitement civilisé devant la Grosse Bertha. Mais elle ne le supportait pas. Elle le trouvait grossier, rustre et sale.

Il s'asseyait bien droit à table, lui qui aimait manger avec les mains se forçait à tenir un couteau et une fourchette. Il imitait les bonnes manières des Européens, dépliait sa serviette et la posait sur ses genoux, ne parlait pas, ne posait pas ses coudes sur la table. Mais tôt ou tard pendant le repas, la pression qu'il s'infligeait, l'extrême attention qu'il portait à ses gestes finissaient par agacer son corps qui, inconsciemment, tentait d'échapper à ce contrôle qui le dénaturait. La fourchette tombait par terre, il se baissait pour la ramasser et sa tête cognait la table, il se redressait la fourchette à la main, tout rouge et essoufflé mais le visage sérieux et grave pour se donner une certaine contenance.

D'un geste qu'il voulait discret et maîtrisé, il tendait le bras pour attraper le sel mais il n'avait pas fait attention à sa manche qui trempait dans la sauce, alors d'une main, il retenait sa manche, de l'autre le sel, et dans cette gymnastique complexe pour ramener le sel à son assiette, son coude touchait son verre d'eau qui se renversait sur la table. Affolé, il voulait nettoyer rapidement l'eau avec sa serviette mais sur la serviette il y avait le couteau – le traître – qu'il n'avait pas vu et le couteau tombait par terre, il se baissait pour le ramasser, sa tête cognait la table à nouveau et, rouge de honte, réapparaissait au milieu des rires. Il n'osait plus rien faire, ni bouger ni manger ni respirer.

Il échouait lamentablement à son examen d'intégration.

Tout le monde riait à table mais je le regardais et je n'avais pas du tout envie de rire. La grosse Bertha soupirait et remuait la tête en signe d'agacement. Ce spectacle confirmait ce qu'elle avait toujours pensé de mon grand-père : c'était un sauvage. Je la détestais à cet instant. Je la tenais responsable de toute cette humiliation. Je voulais l'attacher à une potence et lui fourrer dans la gorge de grosses bouchées de nourriture avec mes mains, des oignons frits surtout, la gaver comme une oie avec des pelletées d'oignons frits brûlants dans son gosier gargantuesque pour qu'elle étouffe, qu'elle explose et qu'on en finisse avec elle.

C'était une belle nuit claire de juillet. J'avais passé la soirée à pique-niquer sur les quais de Seine à Saint-Michel.

Je suis rentrée avec le Noctambus. En descendant au rond-point des Six-Routes, une musique très forte résonnait dans l'espace.

J'ai vu quatre jeunes de cité, de beaux lascars assis dans une voiture aux portières et aux fenêtres ouvertes en train de fumer des pétards. Ils avaient une trentaine d'années et des gueules de durs.

Ils écoutaient les yeux fermés Céline Dion : « Pour que tu m'aimes encore. »

« J'ai compris tous les mots, j'ai bien compris merci
Raisonnable et nouveau, c'est ainsi par ici
Que les choses ont changé, que les fleurs ont fané
Que le temps d'avant, c'était le temps d'avant
Que si tout zappe et lasse, les amours aussi passent. »

IV

INITIATIONS

Lovin'fun

Les nuits d'été étaient pour moi des nuits blanches. Je n'arrivais pas à dormir, il faisait trop chaud. Quand tout le monde dormait, quand la maison toute entière s'éteignait, quand tous les yeux se fermaient, mon œil s'ouvrait.

Il s'ouvrait sur les pages de mon journal intime. Je notais soigneusement et minutieusement tous les petits événements de ma journée. Je portais une attention particulière et notais à chaque fois l'apparition de mes règles, événement remarquable dans ma vie de jeune pubère. Aujourd'hui, les règles sont arrivées. Aujourd'hui, les règles sont terminées. J'inscrivais même l'heure à laquelle elles arrivaient et repartaient.

Mes yeux s'ouvraient aussi sur les mondes romanesques des livres que je dévorais. Les *Tom-Tom et Nana*, les livres de la bibliothèque rose, les romans d'Azouz Begag puis ceux de Maupassant, de Zola.

Une nuit, je venais de finir *L'Assommoir* et j'ai pleuré en refermant le livre. Puis je me suis souvenue que ma grand-mère m'avait offert une mèche de ses cheveux blond cendré et je l'ai glissée au milieu du livre, entre deux pages.

C'était pour moi un écrin dans lequel je cachais un trésor inestimable.

La journée, je me rendais à la petite bibliothèque de la cité, qui devait faire tout au plus 40 m^2, où Maryse la bibliothécaire, petite, rousse, coupe garçonne, une quarantaine d'années, me glissait des livres que je rangeais dans les rayons de mon imagination et de ma sensibilité. Elle me donnait des histoires, des mots, du rythme et du style. Elle ressemblait à Agnès Varda. Elle était petite mais en imposait. Les enfants et les jeunes de la cité la respectaient car ils sentaient qu'elle les aimait et leur offrait des nourritures spirituelles, comme on dit. Elle ne virait jamais personne de la bibliothèque. On y entrait quand on voulait, on en sortait quand on l'avait décidé. Même les plus turbulents, les têtes brûlées, les racailles en puissance, elle les prenait à part, leur parlait fermement en les regardant droit dans les yeux, et c'était infaillible : ils parvenaient à se maîtriser, et une bande dessinée à la main ils repartaient s'asseoir dans un coin de la bibliothèque avec cette démarche typique des mecs de cité qui plient un genou en se balançant sur le côté.

Mon oreille aussi s'ouvrait pendant les nuits d'été sur le monde. Le monde, c'était la radio.

Doc et Difool sur Fun Radio, j'écoutais ça pendant des heures, toute la nuit j'entrais dans la vie des autres, l'intimité, les problèmes de complexe, de sexe et d'odeur non ce n'est pas sale. J'entendais parler de ce mot, cette chose que j'ignorais encore. Le sexe ce n'est pas sale, c'est la première chose que j'ai apprise. Merci Doc. Faire l'amour, baiser, pénétrer, se masturber, masturber, sucer, lécher, les flux, les sécrétions, la mouille, la branlette, le sperme, le liquide préséminal, tout ce qui coule du corps excité, tout ce qui coule dans le corps excité, tout ça définitivement ce n'est pas sale.

Je n'avais jamais entendu ces mots ailleurs, hors de la radio, par exemple chez moi, dans la rue ou au collège. Si, une fois au collège, j'ai surpris une conversation entre plusieurs garçons et l'un deux avait répété le mot « branler ». Grâce à Lovin'Fun, j'ai appris ce que branler veut dire. Et apparemment les mecs se branlent beaucoup. Et les filles ? Certaines parlent de ça à la radio mais elles sont plus pudiques. Elles ne le font pas ensemble alors que certains mecs disent qu'ils font des branlettes collectives. Comment s'y prennent-ils ? Ils se mettent en cercle et se masturbent en se regardant et en discutant ensemble ? C'est totalement dingue. Je serais incapable de faire ça avec des copines.

C'est comme si la radio détenait le secret de la vie sexuelle des ados, la radio, temple d'Apollon où deux prêtres aux noms originaux de Doc et Difool dévoilent la mécanique secrète du corps et de la libido. Libido, la première fois que j'ai entendu ce mot, j'ai pensé que c'était un jouet, comme le yoyo, un truc qui monte et qui descend. Libido, quel mot magique, il n'a pas la sonorité d'un mot français. C'est latin, expliquera Doc à la voix rassurante.

Le sexe n'était pas sale mais il pouvait être dangereux. J'écoutais avec une attention mêlée de crainte la longue liste des MST, IST, toutes les maladies du sexe, de la plus bénigne à la plus mortelle, et la description macabre de leurs symptômes.

Ces noms bizarres réveillaient en moi de sourdes terreurs, comme un cortège de démons malfaisants, je prêtais à chacun d'eux de mystérieux caractères. Gonocoque : bête et méchant. Chlamydia : sournoise et vicieuse. Condylome : paresseux et banal. Trichomonase : vieille acariâtre. Syphilis : sublime et fou. Hépatite B : scrupuleux et méthodique. Gonorrhée : gourmand et opulent. Herpès : dieu messager qui revient toujours nous tourmenter. Le plus doux était le Papillomavirus, mais papillon toxique, et le plus fatal : le Sida, deux syllabes tranchantes comme un couperet de guillotine qui tombe et vous fauche sans scrupule.

Le sexe pouvait tuer. Il fallait donc faire très attention. J'entendais parfois cette expression : génération Sida. J'étais de cette génération où il faudrait désormais se protéger pour ne pas crever d'amour ni de plaisir. Mais comment ? Doc nous rassurait en disant qu'il existait un moyen très simple de s'en protéger : enfiler un préservatif. Ce mot revenait tout le temps : capote, préservatif, condom. Je me suis souvenue de ces publicités préventives à la télé, des campagnes de sensibilisation au Sida. J'avais tellement peur de cette maladie. Oui mais s'il craque ? C'était comme jouer à la roulette russe.

Le sexe c'était donc la vie ou la mort dans un instant éphémère de plaisir.

Les filles parlaient beaucoup de leurs mensurations de poitrine. Je ne portais pas encore de soutien-gorge, mais des brassières. Mes seins poussaient petit à petit. Je passais des heures dans le miroir à regarder leur lente évolution. Le jour où j'ai compris que j'avais des seins, c'est lorsqu'au collège, un garçon de ma classe s'est vanté de m'avoir pelotée. Peloter, ça aussi c'est un mot que je ne connaissais pas. Je l'ai appris brutalement sur le champ de bataille d'une cour quand soudain le mot et la chose sont entrés ensemble en moi pour me déflorer. Le garçon a attrapé mon sein droit et l'a pressé violemment. Il a crié triomphant : Je t'ai pelotée !

J'ai eu mal. C'était le gros ganglion dur au milieu de mon sein naissant qui m'a fait mal quand l'autre sauvage l'a pressé.

Se faire peloter c'était donc prendre conscience que j'avais des seins par la pression brutale et douloureuse des mains d'un garçon.

Il y avait un autre mot qui me trottait dans la tête : emballer. Les filles et les mecs à la radio utilisaient souvent ce mot. Je savais ce que voulait dire embrasser mais il semblait qu'il existait une autre façon de le faire et ça s'appelait emballer. Comme un degré supérieur. Quelque chose de plus sexuel. D'autres flux et organes entraient en jeu comme la salive et la langue.

Un soir, j'avais 13 ans et nous étions invités à dîner chez un ami de mes parents.

J'étais dans la cuisine, seule avec l'ami qui nous recevait, un homme d'une quarantaine d'années qui se prenait pour mon oncle. Il me demande de goûter la vinaigrette pour savoir si elle est bien assaisonnée. Je prends la petite cuillère et la porte à ma bouche et je lui réponds qu'elle est très bonne. J'ai à peine le temps de remettre la cuillère dans le pot de vinaigrette que je sens sa langue dans ma bouche, il recule, me regarde et dit : En effet, elle est parfaite cette vinaigrette.

Je suis restée sur ma chaise sans bouger, sans parler. J'étais sidérée. Qu'avait-il fait ? J'ai eu l'impression d'une limace tiède m'entrant de force dans la bouche.

Emballer, c'était donc fourrer sa langue dans la bouche de l'autre par ruse.

La magie des premières fois

À ma première boum, j'étais excitée comme une folle. J'avais fouillé plus d'une heure dans mon armoire pour dénicher des vêtements un peu féminins. Un véritable défi car au milieu de mes pulls torsadés déformés, mes vieux jeans, mes bas de survêt, j'avais pas grand-chose qui pouvait me faire ressembler à une femme. J'ai fini par enfiler un pull violet moins large que les autres et le dernier jean acheté qui ne dessinait aucune de mes formes, mais au moins était neuf.

J'ai piqué un peu de rouge à lèvres à ma mère, j'en ai mis sur mon index et j'ai tapoté ma bouche avec. J'ai détaché mes cheveux dont le brushing tenait encore bon.

Une copine avait loué une salle pour célébrer ses 14 ans. Il n'y aurait aucun adulte et ça c'était une première.

Je me demandais quel garçon allait m'inviter à danser, j'allais peut-être échanger mon premier baiser, danser enfin mon premier slow. J'imaginais des scénarios où un beau brun s'approcherait de moi et me demanderait de lui accorder une danse, sous le regard envieux de mes copines, je poserais ma main sur son épaule, sentirais son parfum au creux de son cou. Je sautais de joie intérieurement à l'idée de vivre une telle expérience. En plus, quelques semaines avant, j'avais vu *La Boum* avec Sophie Marceau. Cette scène où le beau Mathieu met le casque sur les oreilles de Vic pour danser un slow au milieu de la foule qui s'agite sur un rock, c'était proprement sublime.

Je suis arrivée dans cette salle des fêtes à côté de mon ancienne école primaire, rue Roger-Salengro. Il y avait pas mal de monde. Certaines filles avaient enfilé des robes, certains garçons des chemises. La plupart des garçons s'étaient aspergés de parfum et mis du gel dans les cheveux. La plupart des filles s'étaient maquillées.

J'ai vu Nouria et Sabine qui se tenaient près du buffet. On a discuté, bu du jus de fruits et mangé des bonbons. On commentait tout ce qu'on voyait, un peu comme au cinéma. On aurait dit trois vieilles commères méditerranéennes. Une heure après, on buvait encore du jus de fruits, on continuait de manger des gâteaux et puis on a fini par s'asseoir pas trop loin du buffet, c'était plus pratique et confortable. C'est à ce moment-là que d'autres filles de la classe sont venues nous laisser leur sac et leur veste. On a gentiment accepté. Fallait bien qu'on serve à quelque chose. Au bout d'une demi-heure, il y avait un gros tas de sacs et de vestes à nos pieds.

À présent, on ressemblait davantage à ces vieilles tantes qui dans les mariages ne bougent pas de leur chaise, tiennent leur assiette sur les genoux et promènent leur œil curieux sur toute l'assemblée.

À chaque slow, j'avais l'espoir qu'un garçon m'invite. Mais les slows défilaient les uns après les autres et j'étais toujours assise sur ma chaise à m'empiffrer de cochonneries.

Sabine et Nouria ont fini par partir. Je voulais rester encore un peu car je ne perdais pas espoir qu'on m'invite. Les plus belles se faisaient inviter à chaque morceau de musique. J'étais assise seule dans cette salle des fêtes à garder les manteaux et les sacs de toutes celles qui dansaient.

J'allais me lever et partir quand un garçon s'est approché de moi. Mon dieu, c'était Olivier. Olivier devait faire au moins 100 kilos pour une taille d'1,60 m, s'habillait mal, sentait toujours la sueur et postillonnait. Pourquoi l'avait-on invité ? Je me répétais intérieurement, non, il ne va pas m'inviter à danser, c'est pas possible, pas lui. Pourquoi m'a-t-il invitée à danser ? Je n'ai pas osé dire non. Je me suis dit qu'un refus le vexerait profondément.

Je me suis levée, j'ai traîné les pieds jusqu'à la piste de danse et j'ai eu mon premier slow.

Olivier voulait se rapprocher de moi pendant la danse et je m'écartais un maximum, le bout de mes doigts était posé sur ses épaules et tout mon corps par une attraction opposée était tiré en arrière. Ce fut lamentable.

J'étais en première L, option art dramatique. À 16 ans, j'avais fini par accepter ma chevelure frisée et bouclée. Et comme pour me remercier, mes boucles étaient devenues plus souples, soyeuses et ondulées. Elles tombaient en cascade sur mes épaules. Mon look aussi avait changé. J'étais devenue une baba-cool. Je portais des pattes d'eph, des chemisiers à fleurs, des dizaines de colliers enroulés autour du cou, de longs gilets, des vestes en velours, le tout de seconde main qu'on achetait avec les copains aux Puces de Clignancourt.

Un jour dans la cour du lycée, des mecs sont passés à côté de nous, habillés en survêt Lacoste, Stan Smith aux pieds, gomina sur les cheveux. Ils nous ont jeté des pièces. Allez vous acheter de vraies fringues, bande de clochards. Ça ne pouvait pas nous atteindre, on appartenait à une bande et non à un troupeau de moutons comme eux, vulgaires consommateurs, victimes aveugles de l'industrie scandaleuse des marques, nous, on était la bande originale des hippies du lycée Eugène-Delacroix de Drancy avec des valeurs, des convictions et des rituels. Il fallait du courage pour s'habiller ainsi, avec des fringues d'une autre époque, revendiquer la paix et l'amour, écouter les groupes des années 70, les Doors, les Stones, les Beatles, Simon et Garfunkel, Led Zeppelin, Jimi Hendrix et j'en passe. J'avais enlevé et jeté les posters des mannequins et des séries télévisées, la tête de Brenda s'était changée en Jim Morrison et Claudia Schiffer en Janis Joplin.

Les affiches de films tapissaient aussi les murs de ma chambre, *Pulp Fiction*, *Trainspotting*, *Apocalypse Now*, et *Arizona Dream* que j'avais vu une dizaine de fois.

On critiquait le système capitaliste et on dessinait des peace and love sur nos bras, nos cahiers et sur tous les murs.

On fumait des pétards en s'allongeant sur le moindre carré de pelouse qu'on trouvait et en chantant « Pass pass le oinj » de NTM ou ce refrain de Billy Ze Kick « OCB occis carton blindé, OCB fais tourner fais tourner fais tourner », on lisait de la poésie et on sortait à Paris sur les quais de Seine, à Montmartre ou Bastille.

Je n'avais toujours pas de petit ami. Ça me travaillait.

L'occasion m'a été donnée lors d'une soirée chez Belinda, ma meilleure amie de l'époque. Nous étions deux filles et deux garçons. C'est là que je l'ai rencontré. Il ressemblait à Ewan McGregor dans *Trainspotting*. Il avait le look mi-grunge mi-punk. Il portait un jean noir serré déchiré aux genoux et un long pull vert kaki déchiré aux manches. Sous son pull, il avait un T-shirt où on pouvait lire en lettres capitales rouges

« NEVERMIND » tamponné en travers sur le visage de Kurt Cobain. Il m'a immédiatement attirée.

On avait bu et fumé des pétards. Assis tous les quatre dans la cuisine de Belinda, on enchaînait les shots de vodka en tenant des propos incohérents et enflammés.

Ma tête commençait à tourner, j'avais très envie de danser. J'ai mis Leonard Cohen, « Waiting for a miracle », que j'avais découvert dans la BO du film *Tueurs nés*.

Mon futur premier petit ami me regardait danser puis s'est levé et m'a rejointe. C'était mieux qu'un slow, mieux que tout ce que j'avais pu imaginer. Le corps désirable de l'autre qui désire le mien sur une musique envoûtante à un âge où tout est promesse d'avenir. Il a approché son visage du mien et m'a embrassée. La douceur de ses lèvres sur les miennes, ses mains sur mes hanches, la peau de son menton un peu rêche à cause des poils de sa barbe qu'il avait dû raser quelques jours auparavant, le doux contact de ses cheveux sur mon front, j'avais des frissons tout au long du corps.

À la fin de la musique, il est devenu tout pâle. Il se sentait mal et s'est laissé tomber sur le canapé. Soudain, il s'est levé et a foncé dans les toilettes où il a vomi tout ce qu'il avait bu et mangé. Je me revois en train de lui mouiller la nuque d'eau froide pour le faire redescendre. C'est la première fois que j'observais la nuque d'un garçon. Elle était large et solide comme le tronc d'un arbre. Ses cheveux se prolongeaient en un duvet qui traversait la nuque et se perdait dans le dos. Je l'ai allongé sur le lit de Belinda. Il balbutiait des excuses, s'en voulait, se trouvait minable, moi je lui disais de se taire et tout doucement, je lui caressais le visage et les cheveux, tamponnais son front avec un gant mouillé et je le regardais s'endormir.

Mon premier baiser a scellé un pacte entre les hommes et moi. Aimer un homme voulait dire le protéger, le soigner, le sauver, dans une chambre d'hôpital imaginaire. Cette chambre d'hôpital sera la scène de toutes mes histoires d'amour à venir.

Quelques mois après, je suis tombée amoureuse d'un grand brun de 18 ans au corps squelettique. Il avait arrêté le lycée un an plus tôt, ne faisait rien de ses journées, fumait et vendait du shit et répétait sans cesse ces paroles de la Fonky Family, « Fume avant que la vie te fume. » Il venait d'une famille très catholique et réactionnaire et ses parents étaient à deux doigts de la crise de nerfs dès qu'il apparaissait devant eux, les cheveux en bataille, mal rasé, un joint pendu au coin de la bouche.

Il habitait un grand appartement bourgeois dans le 10e arrondissement. Sa chambre était garnie d'un matelas, d'un bureau et d'une chaise. Au-dessus du matelas, il avait accroché un grand poster de Mohamed Ali. Gants de boxe, short blanc, il nous fixait en position de défense avec sa devise en bas du poster : « *Float like a butterfly, sting like a bee.* » Sur son bureau, il y avait une balance pour peser le shit, un rouleau de films et de sachets en plastique, des feuilles à rouler et un couteau suisse. Il lisait les auteurs de la Beat Generation et ses livres abîmés et cornés gisaient en bas de son matelas.

C'était un bel après-midi de juin, il faisait chaud et nous nous promenions main dans la main au parc de la Bergère, à Bobigny, à côté de la ligne 5 du métro et du canal de l'Ourcq. On longeait le canal et on regardait les métros passer. Le parc était désert. On s'est assis sur l'herbe au pied d'un arbre. On s'emballait langoureusement, il me caressait les seins, je lui caressais les cuisses et l'entrejambe, il était dur à cet endroit. Je respirais de plus en plus fort et un désir irrépressible est monté en moi. Je l'ai regardé droit dans les yeux et je lui ai dit que je voulais le faire maintenant. Il a été très surpris. Ici ? Oui, ici. Mais on va nous voir. On n'a qu'à trouver un endroit où on ne nous verra pas. On a cherché notre lit nuptial et on l'a trouvé. Un petit coin caché sous les arbres, entouré de buissons, à nos pieds un lit de feuilles de chêne et de platane, personne ne passera par ici. On voyait au loin les rails du métro et un peu plus loin le canal scintiller des rayons du soleil sur ses eaux verdâtres. De magnifiques graffitis et tags ornaient les murs de béton tout au long du canal.

C'est dans cette atmosphère d'art urbain champêtre qu'on l'a fait.

Je n'ai pas ressenti grand chose tant j'étais absorbée par la nouveauté de cette expérience. Cela a duré quelques minutes. Puis il a fumé une cigarette en regardant les feuilles au-dessus de nos têtes, mues par une légère brise. Il m'a dit : Tu vas voir, ça va être de mieux en mieux chaque fois qu'on le fera. On s'est levés puis, main dans la main, on a marché jusqu'au métro et on s'est quittés en s'embrassant.

Sur ce lit de fougères et de feuilles mortes, j'avais laissé la petite fille.

La « première fois », c'était donc s'allonger avec un garçon sur soi qui s'agite quelques minutes pendant que la ligne 5 passe, puis se rhabiller et partir, et sur le chemin du retour sentir très fort en soi qu'on ne sera plus jamais la même.

Toute ma scolarité s'est déroulée en ZEP : zone d'éducation prioritaire. Où se plaçait la priorité ? Qui était prioritaire ? Pour nous, ce sigle correspondait à zone d'éducation pourrie. On n'avait rien de prioritaire, bien au contraire nous avions le sentiment d'être relégués dans l'arrière-cour de l'enseignement public laïc républicain. On ne comptait pas vraiment, personne n'aurait misé sur nous, on le savait, on le constatait chaque jour, chaque année scolaire, chaque passage à l'année supérieure, chaque étape franchie.

ZEP : zone d'éducation précaire.

On avançait, c'est tout. Certains restaient sur le carreau, d'autres étaient orientés dans des filières moins prestigieuses pour travailler plus rapidement et durement que les autres, et il y avait ceux qui franchissaient les étapes. Mais où allions-nous vraiment ? Que valait un bac obtenu dans un lycée de ZEP de la Seine-Saint-Denis ?

Je ne me souviens pas d'avoir eu dans ma classe des élèves qui désiraient faire carrière, suivre la voie du père ou de la mère, il n'y avait pas un capital quelconque nous poussant à réussir, nous garantissant une réussite sociale et économique, nous donnant ce sentiment rassurant d'être inscrits dans la lignée des vainqueurs et des dominants, ceux à qui la vie sourit.

La carte scolaire nous maintenait dans un espace géographique qui reproduisait la misère et l'échec.

Tout ça je l'ai compris bien plus tard. À cet âge-là, je n'avais aucune idée de Marx, ni de Bourdieu, ni du déterminisme, ni de la lutte des classes et compagnie.

Adolescente, je croyais naïvement en l'école républicaine, je croyais en ma réussite par l'école, je croyais en l'égalité des chances et je savais que c'était elle qui me permettrait de quitter un jour ma banlieue.

Je m'accrochais à mes notes comme à de petites bouées de secours, des planches de bois de mon radeau de la méduse, je gardais la tête hors de l'eau, dans un océan où le chant des sirènes me parvenait de loin et me murmurait avec langueur que j'aborderais bientôt sur l'île de la réussite et de l'ascension sociales.

Grâce à l'école, le gros gâteau de l'élite républicaine, j'y avais droit aussi et j'aurais ma part un jour.

V

VAINQUEURS ET VAINCUS

Les Guerriers

Les profs dans mon collège appartenaient tous à l'espèce des Guerriers mais avec des sous-espèces très spécifiques : les Guerriers vainqueurs, les Guerriers vaincus et les Guerriers vaincus devenus fous.

Les Guerriers vainqueurs avaient en eux une drôle de flamme, un peu comme les Vestales, un feu qu'ils gardaient toujours allumé dans le regard, dans la tête, dans le corps tout entier. Ils ne connaissaient pas le désespoir, encore moins la résignation. Dire d'eux qu'ils étaient motivés ne suffisait pas, c'était plus qu'une histoire de motivation. Plus qu'une vocation, un serment de chevalier. Ils semblaient nés pour enseigner. Plus le collège était pourri, plus la commune dévastée et misérable, plus les élèves largués, enragés et haineux, plus leur mission prenait du sens, leur figure de prof une aura et du charisme, leur détermination de la force. Ils se nourrissaient de l'adversité pour rayonner.

Je les salue, ces femmes et ces hommes, véritables machines de guerre de la ZEP. Leurs méthodes pouvaient être critiquées et controversées, ils usaient parfois de la violence, de l'intimidation, de la menace mais ils connaissaient très bien le terrain et ils cernaient tout de suite le profil de l'élève.

Ce sont eux qui m'ont donné envie d'étudier, de réussir, de croire en moi et de me sortir de la tête l'idée que je venais d'une banlieue et d'un collège poubelles.

Monsieur Ortega était l'un d'eux. Un grand gars d'1,90 m, costaud, à l'allure fière, il portait des bottes et venait à moto au collège, une grosse cylindrée qui faisait un boucan d'enfer quand il franchissait le portail. On l'entendait rugir au loin. Il en imposait. Il faisait du rugby dans un club et ça nous impressionnait beaucoup. On l'imaginait traverser le terrain fonçant droit au but, le ballon coincé sous le bras, en écartant comme des quilles les autres joueurs sur son passage. Il marchait dans les couloirs du collège comme un grand prince empli de confiance et d'autorité.

Il ne fallait pas le chercher. Il n'avait rien d'un saint ni d'un christ. Son amour de l'enseignement refusait toute notion de sacrifice ou d'abnégation. On était dans une classe, pas dans une église. Il était là pour nous apprendre le respect et l'obéissance des règles. Il n'était ni gentil ni méchant mais juste. Il connaissait très bien le sadisme des collégiens, il savait à quel point nous pouvions assassiner un prof à l'usure avec nos pitreries, notre insolence et nos petites blagues corrosives. À petit feu, chaque jour, on poussait l'enseignant vers le précipice jusqu'à ce qu'il tombe en dépression. Et là, on criait victoire.

De l'humour, il en avait aussi et beaucoup. Il nous faisait rire en formant notre sens de la dérision, de l'ironie et de l'équivoque. C'était des mots d'esprit, des jeux de mots, des moqueries fines. Il nous rendait intelligents et spirituels par son humour.

Par contre, si on osait transgresser les règles, il se changeait en un juge impitoyable et intransigeant au visage sanguinaire. Cette volte-face a eu lieu une seule fois, en début d'année (le moment fatidique où nous testions les profs).

Smaïn a osé le défier. Il passait son temps à trouver de nouvelles méthodes criminelles, les unes plus ingénieuses que les autres, où la drôlerie rivalisait avec la fourberie pour rendre hystériques nos enseignants. Une teigne qui s'en prenait toujours aux plus faibles. Méchant, grossier et laid par-dessus le marché.

C'était le premier cours de 3e avec monsieur Ortega. On ne le connaissait pas, il venait d'arriver dans notre collège. Il s'est présenté, a parlé de ce que nous allions étudier en français, nous a demandé de remplir les fiches de présentation. On était sages, curieux, on l'observait pour déceler la moindre petite faille dans laquelle nous engouffrer. Mais on ne voyait rien pour l'instant. Le prof était bien habillé, élégant, sportif, beau, son allure nous intimidait un peu et son regard parcourait la classe d'un air serein et assuré. Alors que nous remplissions notre fiche de présentation, dans le silence de la classe un énorme pet a retenti. Smaïn a explosé de rire et toute la classe l'a suivi allègrement. Le prof a marché lentement vers lui sans rien dire. Il s'est arrêté juste devant sa table. Smaïn ne riait plus et fixait sa trousse. Monsieur Ortega ne disait rien, il était debout. Il le regardait avec des yeux terrifiants, un mélange de feu et d'acier. Personne ne bronchait dans la classe, personne n'avait envie d'être à la place de Smaïn. Puis d'une voix grave, ferme et tranchante, il lui a dit : Regarde-moi. Smaïn a levé la tête craintivement et l'a regardé avec le regard d'un chien apeuré. Tu vois ma main là ? Elle est belle, non ? La prochaine fois que tu fais ça, je te décolle la mâchoire avec.

Puis il est retourné paisiblement à son bureau, nous a laissés quelques minutes pour finir notre fiche et les a ramassées en souriant.

On n'a plus jamais entendu Smaïn émettre le moindre son, de la bouche ni d'ailleurs, dans le cours de monsieur Ortega.

Mon plus beau souvenir du cours de français est ce jour où monsieur Ortega a lu devant toute la classe ma rédaction. Le sujet était le suivant : « À la manière de Nabokov, vous évoquerez un souvenir en utilisant votre mémoire mais aussi votre imagination. » J'ai raconté mon premier jour d'école, j'avais six ans et j'entrais en CP.

Je racontai ma peur ce jour-là, ma solitude dans la grande cour, tous les visages inconnus et mon évasion de l'école.

Il a distribué toutes les rédactions, excepté la mienne. Il la tenait dans les mains, s'est assis sur une table, a lu mes mots et mon histoire, à moitié inventée, à moitié réelle. Tous les élèves écoutaient en silence. Il me l'a rendue sans rien ajouter mais dans son regard, j'ai vu un sourire et dans ce sourire j'ai vu le premier encouragement à écrire, à continuer d'écrire. J'étais terriblement fière et émue.

Plus tard, des années après, un roman est paru, mon premier roman et dans ce livre, un chapitre était la réécriture de cette rédaction faite à l'âge de 14 ans. Et quelques semaines après la parution, j'avais rendez-vous dans un café avec un homme qui est arrivé à moto, jean et bottes, l'allure toujours fière, le corps encore costaud derrière lequel on devinait l'ancien rugbyman, les cheveux moins bruns et clairsemés, des lunettes sur le nez, et dans le regard du Guerrier, le même feu brûlait toujours.

À côté des Guerriers vainqueurs, il y avait les Guerriers vaincus. Ils n'attendaient plus rien de rien. On ne pouvait rien attendre d'eux non plus. Autrefois, ils étaient des Guerriers vainqueurs mais le temps, l'habitude, le confort, les durs coups de la vie, l'usure avaient eu raison d'eux. Ils avaient fait leur temps. Ils appartenaient à une époque révolue et n'avaient pas su s'adapter au changement, aux nouvelles méthodes et surtout à un nouveau public, le public précaire mais prioritaire que nous étions.

Les minutes défilaient, les pages des livres et des cahiers se tournaient, le cours suivait machinalement et mécaniquement sa progression, identique depuis des décennies. L'heure sonnait, c'était la délivrance. Il ne se passait jamais rien. Nous étions tellement assommés par le flegme et la voix monocorde de l'enseignant que notre envie délibérée de nuire aux profs se trouvait assoupie jusqu'à l'extinction, nous n'en avions même plus la force.

Quel fardeau de suivre le cours d'un professeur blasé. Je leur dois ma plus grande expérience métaphysique de l'ennui. Ils m'ont permis de vivre dans mon corps, ma tête, ma chair les vers de Baudelaire : « Il ferait volontiers de la terre un débris / Et dans un bâillement avalerait le monde ; / C'est L'Ennui ! »

Notre cerveau était avalé. Automates, nous obéissions aux consignes sans broncher et nous baillions à nous arracher la mâchoire.

Monsieur Planquette était le plus bel échantillon de cette espèce. Il était notre prof de français en 4e, il en avait encore pour deux ou trois ans avant la retraite. Il était petit, ses cheveux gris bouclés lui arrivaient juste en dessous des oreilles. Le dessus de son crâne étant pointu, ses cheveux formaient une sorte de triangle qui lui faisait une tête de sapin. Il enfilait toute l'année un gilet de pêche beige ou vert kaki. Il fumait la pipe en classe. Les vapeurs aggravaient davantage la torpeur de notre esprit, comme l'encens dans les églises.

Nous passions les trois quarts de l'année à lire et étudier le théâtre de Molière. Au bout de deux trimestres, on n'en pouvait plus de ce Jean-Baptiste Poquelin, du classicisme, du baroque, du Roi Soleil, de la querelle des Anciens et des Modernes. Le quart restant était réservé à son auteur favori Alphonse Daudet et à son personnage fétiche Tartarin de Tarascon. On avait envie de se pendre au troisième cours sur ce Tartare de Tarama à la con. La moitié de la classe pouvait à peine prononcer son nom. On n'avait rien contre Tartarin mais à notre âge, on ne saisissait pas vraiment comment les Bouches-du-Rhône pourraient résonner en nous ni pourquoi ce fanfaron crédule et médiocre était parti chasser le lion en Algérie. Monsieur Planquette nous lisait des passages entiers. Bercés par le bruit des mots dépouillés de leur signifié, nous luttions contre le sommeil tandis que lui soudain s'animait et lançait un petit rire bref et sonore à certains extraits dont le comique nous avait totalement échappé. Il n'arrêtait pas de répéter que l'humour en littérature était rare et précieux. Nous avions aussi envie de rire, mais rire en lisant Alphonse Daudet nous semblait aussi inaccessible que d'atteindre le sommet de l'Everest en cours d'EPS.

Heureusement, Molière parvenait parfois à nous faire rire. Un trimestre aurait amplement suffi, par chance à la fin de notre marathon littéraire de six mois consacré à parcourir une dizaine de ses pièces, nous avions l'opportunité de mettre en scène un extrait de notre choix. C'était le seul moment où nous sortions de notre torpeur d'automates écervelés pour faire preuve de créativité et d'ingéniosité et faire rire la classe à notre tour.

J'avais choisi une scène de *L'Avare* où je jouais Maître Jacques, la scène 1 de l'acte V.

J'avais soigneusement choisi chaque élément de mon costume, chaque détail et chaque accessoire. Ma blouse blanche de SVT en guise de tablier, une toque fabriquée avec du papier, quelques ustensiles de cuisine accrochés à une ceinture, une belle moustache noire découpée dans du carton, peinte en noir, collée au-dessus de ma bouche. J'avais mis du rouge sur mes joues et mon nez pour avoir l'air rougeaude comme ce Tartarin d'ailleurs, et surtout ce qui avait fait rire mon public, un gros coussin que j'avais glissé sous ma blouse blanche et qui me faisait un ventre énorme.

Monsieur Planquette, assis confortablement sur sa chaise, nous regardait en fumant sa pipe qui empestait la classe, il avait l'air heureux et satisfait. Il ne faisait pas le moindre commentaire sur notre jeu ni notre diction ni encore moins la mise en scène. On oubliait la moitié du texte ou on le déformait à notre guise, on intervertissait les répliques, on en sautait, on n'avait aucune notion de l'espace scénique, on se mettait dos au public, on se marchait dessus, certains hurlaient leur texte, d'autres le disaient d'une voix à peine perceptible, il y en avait même qui lisaient tout haut les didascalies. Spectateur de ce joyeux désordre et témoin de notre ignorance totale de l'art dramatique, monsieur Planquette jouissait tranquillement du moment de divertissement que nous lui offrions et nous avions tous d'excellentes notes.

Madame Chatelain avait su garder toute l'élégance et l'orgueil de sa gloire passée. Notre prof de musique était une Guerrière vaincue mais qui n'avait rien perdu de sa superbe. Cette très belle femme d'une cinquantaine d'années venait en Mercedes rouge au collège. Elle portait le noir, le rouge et le jaune à merveille. Ses tailleurs coupés à la perfection épousaient sa silhouette altière. Des boucles d'oreille lourdes et généreuses pendaient à ses lobes allongés par le poids de ses bijoux, et chaque fois qu'elle tournait la tête ou que sa main passait dans ses cheveux auburn, elles émettaient un léger tintement comme le son cristallin et aigu d'un triangle musical.

Ses talons aiguilles scandaient le rythme de ses pas et ses mains frappaient la cadence de la partition que nous apprenions. Elle nous enseignait la musique classique, et uniquement classique. Elle adulait Bach qu'elle prononçait à l'allemande en appuyant bien sur le « ch », *Barrrrh*, et Beethoven qu'elle prononçait aussi à l'allemande en disant *Bithofeun*.

Toute l'année, nous faisions de la flûte. Il a nous fallu six mois pour apprendre le début de l'*Hymne à la joie*. Nous n'avions aucune notion de musique, nos doigts ressemblaient à de grosses pattes d'éléphant, on se trompait de trous, on ne commençait jamais en même temps, nos flûtes étaient trempées à force de souffler en crachant dedans, des gouttes s'échappaient par les trous. Chacun était concentré sur son petit son à émettre sans écouter le reste du groupe. Au milieu de cette cacophonie, madame Chatelain circulait, l'air impassible et les yeux mi-clos, elle comptait la mesure ou chantait les premières notes de l'*Hymne à la joie* : si si do ré / ré do si la / sol sol la si / si la la. Comme elle ne nous interrompait pas, c'était pour nous un signe d'encouragement et nous continuions de plus belle notre symphonie discordante et criarde à s'en faire péter les tympans.

Impassible et imperturbable, une craie à la main, notre prof de mathématiques, monsieur Letard, nous expliquait sans le moindre enthousiasme les lois de l'algèbre et de la géométrie.

Homme d'une cinquantaine d'années, sec et maigre comme une brindille, il était un Guerrier vaincu qui avait la particularité de toujours porter des chemises bleues et des pantalons marron.

La grande question que l'on se posait en cours de maths ne portait pas sur le théorème de Pythagore ou les fractions, non, on se fichait éperdument de ce qu'il nous enseignait. La question qui nous hantait était de savoir si monsieur Letard avait plusieurs chemises et pantalons identiques, comme Einstein qui portait toujours des costumes gris pour ne pas perdre de temps ni occuper son esprit à la question futile de la tenue vestimentaire, ou bien s'il portait la même chemise et le même pantalon toute la semaine. C'était d'une importance capitale pour nous. Dans le premier cas, cela pouvait être défendable et attribuable à une monomanie vestimentaire digne des grands génies, dans le second cas cela remettait en question son hygiène et sous-entendait qu'il était franchement crade, pingre et inquiétant.

Nous avions mis au point un plan très simple et futé pour obtenir la réponse à cette question obsédante. Un élève devait passer derrière lui et tracer au marqueur noir un trait sur sa chemise. Si le lendemain et les jours qui suivaient, la chemise qu'il portait avait cette marque distinctive, c'est qu'il s'agissait de la même.

J'étais désignée pour le faire. J'étais la seule élève avec Paola à avoir 16 de moyenne en maths. Paola n'aurait jamais osé accomplir une chose pareille, sa timidité l'aurait paralysée. Je me sentais les épaules pour réaliser ce défi, j'étais protégée par ma moyenne, donc insoupçonnable. Je devais agir quand, écrivant au tableau, il aurait le dos tourné à la classe. J'ai levé le doigt pour aller tailler mon crayon à la poubelle près de son bureau. J'avais le marqueur noir dans ma poche. Je taillais lentement. Il s'est retourné pour dessiner un triangle rectangle. J'avais le cœur qui battait fort, j'ai pris le marqueur, j'ai tendu le bras et très légèrement, surtout ne pas émettre de pression car il l'aurait sentie et se serait douté de quelque chose de louche qui se tramait derrière son dos, j'ai dessiné à mon tour un très beau trait noir fin, aérien, sur le tissu bleu délavé de sa chemise.

Tous les élèves ont applaudi. Le prof s'est immédiatement retourné vers moi, j'ai eu tout juste le temps de remettre le marqueur dans ma poche et de regagner ma chaise.

Il a fixé la classe sans rien dire. Il y avait un silence monacal. Il a repris son triangle pour le terminer.

Je me sentais terriblement fière d'avoir réussi cet exploit.

Le lendemain, monsieur Letard est arrivé dans la classe et a posé son cartable sur le bureau pour sortir ses affaires. Il a attendu que le calme se fasse. Il a pris sa craie, il s'est tourné pour écrire la date au tableau, et sa chemise était marquée de mon trait noir. Les deux jours suivants également.

Monsieur Gonzalez était le pire des Guerriers vaincus. Il avait démissionné depuis longtemps sauf qu'il avait oublié de partir. Il était notre prof d'espagnol et il ne nous enseignait pas l'espagnol. Non, rien, pas une leçon de grammaire ou de conjugaison, aucun cours sur la phonétique, pas un seul texte littéraire, rien sur l'actualité, l'histoire ou la culture espagnoles. La seule chose qu'il nous distribuait en cours était des listes et des listes de vocabulaire sans ancrage contextuel.

Je l'ai eu pendant tout le collège et je n'ai strictement rien appris.

Il était énorme, portait une barbe bien noire, s'habillait d'un pull bleu marine et d'un jean qu'il pleuve, qu'il vente, qu'il fasse froid ou chaud.

Il avait une vieille sacoche de prof dont il ne sortait rien. Il ne l'ouvrait même pas en classe. Il se contentait de la poser à côté de son bureau. Il s'asseyait et ne se levait plus de sa chaise jusqu'à la fin du cours.

Nous passions toute l'année à apprendre des listes de mots en espagnol, par ordre alphabétique, il lisait chaque mot et on devait répéter après lui et écrire en face la traduction en français.

Cet apprentissage passionnant et stimulant était entrecoupé de longues séances de visionnage de ses diapositives. Il nous montrait ses photos de vacances pittoresques, de l'enfance à l'âge adulte. Le seul intérêt de ces photos pour notre apprentissage est qu'elles avaient été prises en Espagne. Nous avions donc un certain aperçu du pays. Un aperçu géographique : où les Espagnols passent leurs vacances. Un aperçu sociologique : comment les Espagnols se comportent en vacances. Un aperçu culinaire : ce qu'ils mangent pendant leurs vacances. Un aperçu vestimentaire : comment ils s'habillent en vacances.

Nous pouvions suivre les évolutions géographiques, culinaires, vestimentaires des Espagnols à travers le temps puisque les photos recouvraient une période de plus de trente ans.

Il avait aussi une drôle de manie. Quand il se mouchait, il rangeait son mouchoir dans sa chaussette. La première fois que j'ai vu ça, j'ai éclaté de rire avec mon voisin Smaïn. Il a piqué une colère mais on ne pouvait plus s'arrêter de rire, un fou rire nous tordait le ventre. On a été collés.

La deuxième fois que nous avons été collés c'est quand pour se moucher, il a pris son mouchoir dans sa chaussette. Là encore, impossible de s'arrêter.

Mais d'où lui venait cette bizarrerie ? On n'a jamais osé lui demander si c'était une coutume espagnole.

Parmi les Guerriers vaincus, il y avait une sous-espèce tragique, celles et ceux devenus fous. Les élèves les avaient rendus fous mais peut-être aussi des événements liés à leur vie personnelle ou des dispositions intérieures et héréditaires.

La prof de physique-chimie était effrayante. Elle s'appelait madame Mathé. Son nom de famille lui correspondait à merveille car ce petit soldat aurait eu une brillante carrière dans l'armée. Petite et trapue, les mollets bien ronds, les épaules larges, un énorme poireau planté dans la joue droite d'où sortaient trois poils durs, elle circulait dans les rangs avec la ferme intention de nous dresser et nous soumettre. Elle marmonnait dans sa barbe : je vous apprendrai à devenir dociles. Elle avait plus de 50 ans. Elle portait d'horribles grosses bagues en argent aux doigts, qui étaient ses instruments de torture. Elle arpentait les rangées et si un élève avait le dos un peu courbé, elle lui plantait une de ses bagues dans le dos pour que le pauvre en question se redresse. Si les lacets d'un élève étaient défaits, elle lui assenait un petit coup de bague sur la cuisse. Si les cheveux des filles étaient détachés, elle tirait dessus en criant :

Attache-moi ça, t'es en classe, pas en boîte de nuit. Ce n'était pas un cours de physique-chimie mais un centre de redressement pour mineurs.

Un jour, concentrée à recopier la leçon écrite au tableau, j'ai senti son ombre passer derrière moi et une seconde après une douleur vive au milieu de ma colonne vertébrale. J'ai crié de douleur et elle s'est fâchée. On ne crie pas en classe. Vous m'avez fait mal avec votre bague. Vous n'avez pas le droit de nous frapper comme ça. Je ne vous frappe pas, je vous évite d'être bossue plus tard, jeune fille. C'est mon dos et ça me regarde. Elle a pris mon carnet et a demandé un rendez-vous avec mes parents.

J'ai tout raconté à ma mère qui était furieuse. Nous sommes allées au rendez-vous. Madame Mathé a expliqué calmement à ma mère que j'étais arrogante et indocile et que cela me coûterait cher dans ma vie future. Elle a également ajouté que je n'irais pas très loin et que le lycée général était déconseillé dans mon cas. Je me souviens qu'elle avait parlé de la voie professionnelle après la troisième. Elle a ajouté : Je doute que votre fille puisse un jour obtenir un bac général.

Ma mère a écouté sans rien dire toute cette foutaise et nous sommes parties. Sur le chemin du retour, elle m'a dit : Cette femme est malade, il faut avoir pitié d'elle.

C'est à cause d'elle que j'ai détesté durant toute ma scolarité la physique-chimie. À la fin de mon lycée, lorsque j'ai obtenu mon bac L avec mention, je me suis rendue dans mon ancien collège et j'ai déposé une copie de mon bac au secrétariat pour qu'ils la remettent au général Mathé.

Monsieur Zedar vivait dans un monde où plus personne ne pouvait l'atteindre. Son apparence physique était des plus pathétiques. Il avait des croûtes sur le visage, il pelait de la peau, sa barbe avait poussé à certains endroits et s'était arrêtée mystérieusement de pousser à d'autres. Il avait un handicap qui lui dictait des mouvements étranges dans les doigts de la main, ces derniers se tordaient et se fermaient involontairement comme chez ces personnes atteintes de troubles moteurs, ou bien l'index et l'annulaire se collaient tandis que les autres doigts devenaient crochus. Ses mains, voulant attraper d'invisibles objets, se contractaient, le poignet se pliait vers l'intérieur. Je les observais à chaque cours et mon cœur se tordait comme ses doigts. Son visage aussi lui échappait, sa langue lui sortait de la bouche par intermittence, ses yeux rendus globuleux par ses lunettes aux verres épais trahissaient une sévère myopie, il ressemblait à une vache égarée loin de son troupeau. Il clignait des yeux trop souvent. Il postillonnait tout le temps. Personne ne s'asseyait au premier rang.

Il avait un doctorat et avait choisi d'enseigner, depuis le début de sa carrière, en ZEP. Il était notre prof d'anglais et parlait couramment cinq langues.

Je me souviens, un jour il m'a dit une phrase en persan. J'ai été très étonnée, c'est là que j'ai appris qu'il parlait couramment l'arabe, l'italien, l'espagnol, le portugais et qu'il avait quelques notions en persan.

On sentait que la vie ne lui avait pas fait de cadeaux. Et nous non plus nous ne lui faisions aucun cadeau. Nous nous vengions sur lui et nous lui faisions payer sa laideur et son handicap. Nous piétinions sa fragilité, nous sautions à pieds joints sur son mal-être par pur sadisme de le voir encore plus mal, comme certains enfants s'en prennent aux plus faibles dans la cour de récré. Nous avions fait de lui la cible idéale de notre méchanceté. Son apparence repoussante nous rendait monstrueux. Parfois, à de rares moments, la culpabilité s'enfonçait tel un pic dans notre cœur, vacillant reste d'humanité. On s'en voulait de le traiter de la sorte. Que nous avait-il fait ? Rien. Il était généreux, gentil, fragile.

On lui jetait du papier-cul mouillé. On allait prendre le papier-cul dans les toilettes pendant la récré et on le mouillait avec une bouteille d'eau pendant le cours. Puis on comptait jusqu'à trois et on jetait le projectile sur lui. Il y en avait partout dans la salle de cours, sur le tableau, les murs, le bureau, sur le sol et sur monsieur Zedar. Il en avait parfois dans les cheveux, sur son pull, sur son pantalon. Un jour, il en a eu sur ses lunettes et on a tous crié un retentissant : Woooow dans le mille !

On chantait à tue-tête dans son cours. On imitait des bruits d'animaux. On mettait de la musique. On se battait. On jetait des stylos. On faisait des batailles d'eau. Jamais il n'y a eu une seconde de silence dans le cours de monsieur Zedar.

Pourtant, il demandait le silence, il le criait même à s'en déchirer les cordes vocales, mais il était inaudible. Le cours d'anglais était la prolongation de la cour de récré. On était des fauves enfermés dans une cage et lui un dompteur inexpérimenté qui ne faisait pas le poids.

Le pire souvenir, c'est lorsqu'il a appelé un élève au tableau pour y faire un exercice. Pendant ce temps, la moitié de la classe tambourinait sur les tables un rythme de percussion tandis qu'un autre groupe était tout entier absorbé par un trou dans le mur qu'ils tentaient d'agrandir en creusant avec leur règle et leur compas. Il a hurlé le nom de l'élève pour qu'il aille au tableau. L'élève en question s'appelait Thomas, il était gentil et du genre plutôt timide, mais très lent à comprendre les consignes.

Monsieur Zedar en était à la cinquième explication de la consigne qu'il tentait vainement de faire parvenir aux oreilles de Thomas, qui le regardait sans broncher comme une carpe dans une ambiance endiablée de batucada brésilienne que nous jouions frénétiquement et soudain, l'autre groupe a hurlé de joie car ils venaient de faire tomber un gros morceau de plâtre du mur. Et là, il a craqué. Il a giflé le pauvre Thomas.

Toute la scène s'est figée, quelqu'un venait d'appuyer sur pause et le silence est tombé. On avait le souffle coupé et Thomas la main sur sa joue. La cloche a sonné quelques secondes après. Mais personne ne bougeait. Smaïn a brisé le silence en criant : Hé monsieur vous avez pas le droit de faire ça. Le prof a balbutié quelques mots d'excuse en regardant Thomas.

Le lendemain, les parents de Thomas attendaient devant la porte du bureau du principal.

On n'a pas revu notre prof pendant une semaine puis il est revenu en martyr dans la jungle du collège.

Pourquoi avait-il échoué ici ? Pourquoi s'acharnait-il à enseigner dans ces conditions ? Je le lui ai demandé à la fin de la troisième car je savais que je ne le reverrais plus et c'était une question qui m'obsédait depuis le premier cours.

Voici sa réponse : J'aime la jeunesse turbulente, elle est pleine de promesses.

On était gosses et on jouait un drôle de football. On avait dessiné à la craie un gros cercle blanc au milieu de la porte de ce wagon posé là au centre d'une place entourée d'immeubles HLM. Il fallait que la balle touche la porte du wagon en plein dans le mille.

On trouvait ça amusant, ce vieux wagon posé là au bout d'un mini chemin de fer. Un terrain de jeu idéal pour nous, insolite et original.

On était gosses, on avait à peine dix ans et on avait envie de jouer.

Soudain, une dame a surgi et nous a hurlé dessus en brandissant sa canne. Elle nous a traités de petits imbéciles qui ne respectaient rien, elle nous a dit qu'on était ignorants et idiots, qu'on ne pouvait pas jouer avec ça, qu'il fallait le respecter. On a trouvé ça drôle qu'elle surgisse de nulle part et qu'elle secoue sa canne en criant des phrases bizarres auxquelles on ne comprenait rien. Certains copains ont pouffé de rire. Et alors elle a explosé, elle s'est rapprochée de nous à petits pas saccadés, sa canne comme une épée qu'elle pointait sur nous, elle a haussé la voix et elle nous a fixés du regard avec des yeux écarquillés, elle criait que c'était comme si on insultait la mémoire de tous ces morts. Elle répétait : Les morts, vous comprenez, les morts, tous ces enfants comme vous morts, morts et qui jouaient ici comme vous, et qui sont morts. On voyait ses yeux devenir rouges, les larmes monter, sa voix trembler, chaque mot était comme un bibelot de porcelaine qu'elle jetait par terre et qui se brisait devant nos baskets usées aux semelles décollées à force d'avoir tapé dans le ballon.

Plus personne n'avait envie de ricaner. Mais qui était mort ? On ne comprenait rien. Ces enfants morts, c'était qui ? De quoi parlait-elle ? Et puis elle est partie, toujours furieuse, en continuant de crier, on la regardait s'éloigner, on était plantés là sans bouger avec notre ballon et notre incompréhension, elle se retournait de temps en temps vers nous, et sa voix peu à peu est devenue un bruit indistinct, un son inaudible, un cri suspendu au bout d'une canne que l'on voyait au loin s'agiter encore.

VI

LE FIEF

Les fous de Drancy

Des fous, il y en avait plein à Drancy. À l'instar des Guerriers vaincus devenus fous, d'autres personnages croisés dans cette ville avaient, pour une raison que j'ignorais, vrillé, lâché les rênes du réel pour s'embarquer dans un monde opaque dont ils étaient les seuls à connaître les lois. Les rues monotones aux pavillons sagement alignés, la vie ralentie, les réverbères qui n'éclairent que des rues vides de piétons la nuit, les saisons qui défilent sans modifier la ville, les restos qui ferment tôt, les cafés sans vie à la déco surannée où ça sent le renfermé et la bière, l'immuable et le silence ou ce qu'on appelle le traumatisme de l'absence d'événements avaient façonné jour après jour ces êtres bizarres. La matrice drancéenne avait enfanté ces fous.

Chaque fois que je tombais sur le faux chauffeur du bus 148, qui allait de Bobigny au Blanc-Mesnil, je ressentais une peur bleue.

Je le prenais pour aller, via le terminus Bobigny-Pablo-Picasso, à Paris.

J'attendais ce bus à la station Normandie-Niémen, à l'entrée de la ville de Drancy. Au milieu de ce grand carrefour était plantée une sculpture hideuse en bronze.

Un disque entouré de deux arcs, l'un touchant le centre du disque, l'autre dressé vers le ciel. On aurait dit une silhouette avec un ventre bien rond, deux jambes arquées et le bras levé.

Je scrutais toujours l'avant du bus pour voir s'il était à l'intérieur. Il se tenait près de la cabine du conducteur. Il portait les mêmes vêtements que les chauffeurs de la RATP, le pantalon et la veste kakis et la chemise beige. Il portait aussi une sacoche. La première fois que je l'ai vu, j'ai pensé que c'était un agent qui accompagnait le conducteur. Il était petit, trapu, le front dégarni et sa sacoche en bandoulière rebondissait sur son ventre à chaque secousse. Je suis allée m'asseoir sur un siège à l'avant. Le bus a démarré et à la station suivante, celui que j'avais pris pour un agent de la RATP a froncé le regard, bombé le torse et s'est mis à crier sur les gens. Un son très étrange sortait de sa bouche, comme le cri d'un rossignol frappé de démence ou le hululement d'un hibou ivre, ça faisait des ouloulouloulou interminables et stridents. Ce rossignol fou s'est mis à frapper de la main la vitre de la cabine du conducteur. Il nous fixait du regard et dans ses petits yeux bleus perçants on pouvait voir un puits au fond duquel dansaient des démons terrifiants. Soudain, il s'est tu. Le conducteur n'a rien dit, il avait légèrement sursauté au début et semblait habitué à ce numéro.

J'étais terrorisée et je pensais qu'il allait se mettre à nous frapper. J'ai immédiatement pris mes affaires et j'ai couru me réfugier dans le fond du bus.

La plupart des passagers n'ont pas bronché. C'est toujours comme ça, on fait semblant de ne pas voir les fous, comme s'ils étaient invisibles.

Je me suis demandé ce qui avait bien pu lui arriver. Il avait peut-être été chauffeur de bus dans le passé et avait gardé son uniforme.

Quand je le revoyais les autres fois, j'allais immédiatement m'asseoir à l'arrière du bus et je l'observais de loin. Il bougeait la tête comme un oiseau avec des mouvements brusques sur les côtés et de haut en bas, épiant le moindre passager qui montait.

Il se mettait à faire son oulouloulouloulou quand un passager ne mettait pas de ticket ou ne montrait pas sa carte orange. Il avait peut-être été contrôleur en fait, un contrôleur qui avait pris un peu trop à cœur sa fonction. Il continuait de contrôler. Il ne pouvait plus s'arrêter de contrôler.

Lorsque le bus arrivait au terminus, notre bonhomme cinglé descendait comme tout le monde puis tournait sur lui-même avant de remonter dans un nouveau 148 et il faisait le trajet en sens inverse et ainsi de suite et ainsi de suite.

« Moi, j'étais un vrai capitaine sur un vrai bateau. Ça rigolait pas sur le bateau je peux vous le dire. Maintenant je suis le Capitaine de Drancy et faut pas me faire chier. » Personne ne le prenait au sérieux. Personne ne l'écoutait.

Le Capitaine de Drancy était un vieux clochard sale, laid, décrépit et toujours à grogner. Il traînait derrière lui un caddie chargé de tout ce que l'humanité avait jeté depuis des années, objets cassés, tissus déchirés, aliments périmés, sacs troués.

Il y avait aussi de la ferraille, des outils rouillés, des ustensiles impossibles à identifier, un bric-à-brac crasseux auquel il semblait tenir plus que tout. Je l'ai toujours vu avec son caddie. C'est tout ce qu'il lui restait. Son caddie c'était sa maison, son repère, son identité, sa patrie. J'étais sûre qu'il parlait à ses objets comme à des membres de sa famille.

Il faisait rouler son caddie dans un grand fracas. Une des roues était cassée et alors il le traînait de toute sa force. Parfois, le caddie se renversait, butant contre une bosse de la chaussée, tombait dans une cavité ou s'écroulait sans aucun obstacle. Il n'en pouvait plus, ce caddie, de porter tout le poids de la rature et de l'ordure du monde. Il abdiquait, il ployait, il se laissait mourir soudain en pleine rue. Il avait envie d'une autre vie, roulant sur ses roues neuves dans les rayons infinis et tentaculaires d'un grand supermarché de la grande distribution à l'enseigne rutilante. Il se renversait et c'était toute la condition humaine qui s'étalait sur l'asphalte, sous mes yeux. C'était presque obscène. Comme si on avait ouvert le ventre d'une charogne.

Je le regardais pester contre les hommes, insulter son destin et patiemment remettre chaque débris dans son caddie et repartir en marmonnant des mots incompréhensibles, derniers soubresauts de sa fureur.

Je ressentais à la fois du dégoût et de la fascination. Je voulais croire à son histoire de vrai capitaine sur un vrai bateau.

Capitaine d'un navire qui autrefois brisait les vagues et défiait la tempête, je l'imaginais beau, fort, une barbe poivre et sel, des cheveux fous qui se soulevaient pendant les bourrasques et une voix qui grondait en donnant des ordres à l'équipage. Tout le monde lui obéissait car tout le monde le craignait. Je l'imaginais aussi puissant, fou et déterminé que le capitaine Achab qui poursuivait Moby Dick, solitaire et fier. Des femmes l'attendaient un peu partout aux quatre coins du monde. Des Pénélope soupirantes, patientes et parfois infidèles à contre-cœur. Je l'imaginais triomphant lorsqu'il posait le pied sur la terre ferme. Il avait réussi sa mission. Il pouvait désormais se reposer pour mieux repartir.

La peau épaisse et dure comme du cuir brûlée par le soleil, les cheveux desséchés par le sel de mer, les yeux rouges rongés par l'obsession d'y retourner, là-bas, dans les flots, toucher la ligne d'horizon. Ses mains tirant les cordes des voiles à se couper la peau et les tendons, et son rire franc et tonitruant d'homme libre et fort.

Un après-midi, je l'ai vu étalé au pied de la fontaine de la place de la mairie. Allongé sur le bitume, son caddie près de lui, un pantalon crasseux et un manteau rapiécé qui pendait sur ses épaules.

La place de la mairie était son quartier général. C'était pratique pour lui, il pouvait dormir sur les bancs du petit square, se barbouiller le visage avec l'eau de la fontaine, ramasser les emballages en carton ou en plastique des nombreux commerçants, et s'il avait envie de se mettre au vert, le parc Duclos était juste en face. Ce parc où on allait glander avec les copains a été rebaptisé parc de Ladoucette quelques années et un changement de mairie plus tard. La nouvelle mairie a aussi sur cette place érigé la statue du Général de Gaulle. Une statue colossale en bronze d'environ trois mètres. Le Général semble marcher jusqu'à nous, les bras et les mains ouverts, comme pour nous dire : je suis là, je vous protège.

Ce jour-là, il n'y avait que le Capitaine de Drancy affalé sur cette place, et personne n'avait envie de s'approcher de lui.

J'avais peur. Au bruit de son caddie, je m'arrêtai immédiatement de marcher, tâchant de le localiser afin de l'éviter. Je voulais le voir un peu. Le temps d'un instant, l'observer furtivement à la dérobée et fuir. Mais je restai sur place, pétrifiée et attirée.

Une angoisse me serrait le ventre.

J'avais peur de finir comme lui.

À la cité Gaston-Roulaud, il y avait aussi une femme célèbre pour ses crises de démence. La folle du bâtiment D. Elle habitait seule dans son HLM avec une assemblée de chats. On racontait que les chats pissaient et déféquaient partout dans son petit appartement de 30 m^2. Ses voisins se plaignaient de l'odeur. Les services sociaux avaient d'autres chats à fouetter que de s'occuper d'elle. Elle avait une soixantaine d'années et ça faisait plus de vingt ans qu'elle habitait à la cité. Des robes d'un blanc douteux déchirées, rapiécées, recouvraient son corps squelettique. Ses cheveux gris lui collaient au crâne et rampaient jusqu'à sa taille. Parfois, elle s'appliquait du henné et ses cheveux prenaient une teinte orange vif qui la rendait encore plus inquiétante. Heureusement qu'elle avait ses chats pour lui tenir compagnie. Personne ne sonnait chez elle, personne ne lui parlait, ne la demandait. On ne l'avait jamais vue avec un être humain. Elle semblait avoir atteint une forme sévère et totale de solitude. Elle traversait la cité comme une ombre, un fantôme, en glissant presque sur le sol. Elle sortait parfois avec des sacs plastique remplis de pain rance, qu'elle émiettait pendant des heures pour les pigeons de la cité. Les oiseaux s'agitaient au-dessus de son corps, voltigeaient autour d'elle, battaient frénétiquement des ailes et se posaient quelques instants sur sa main ou ses épaules. Elle restait impassible comme une statue de pierre, une étrange Vénus rabougrie et ridée, dont la beauté d'antan s'était envolée comme ces pigeons dans un ciel bas et gris.

On ne l'entendait jamais mais de temps en temps elle avait ses crises et c'était quelque chose de spectaculaire.

Un après-midi, je discutais avec des copains au terrain de jeu, au centre des quatre barres d'immeuble de la cité. Les jeux destinés aux enfants ne respectaient aucune norme de sécurité et chaque enfant pouvait y perdre la vie. Le toboggan était raide et se terminait sur un sol bétonné. Les cordes du filet à grimper étaient sectionnées à divers endroits ou rongées à d'autres et pouvaient se rompre à tout moment. Dans le bac à sable, il y avait plus de merdes à chien que de sable et la pelouse censée entourer l'aire de jeux ressemblait à la peau galeuse d'un mouton. On était assises sur un des bancs métalliques près de la table de ping-pong en béton quand on a entendu des cris déchirants.

La folle du bâtiment D a déboulé toute nue en hurlant. Elle était totalement à poil, ses seins ressemblaient à de longs cornichons et son sexe faisait penser à une grosse figue desséchée. Elle agitait ses bras en criant, Au feu, au feu, on a mis le feu chez moi. Elle tournait sur elle-même et ses longs cheveux détachés giflaient son visage et s'enroulaient autour de son cou comme une corde. On a levé les yeux vers sa fenêtre, mais pas la moindre fumée. Puis elle s'est roulée sur l'herbe et quelques instants après elle était prise de spasmes et de convulsions comme si elle avait une crise d'épilepsie.

Les jeunes qui traînaient en bas des halls ont éclaté de rire, mes copines aussi, quelques badauds s'étaient mis à leur fenêtre, tout le monde regardait la pauvre femme. Les pompiers ont fini par arriver et l'ont emmenée sur une civière.

On ne l'a plus revue à la cité. Des copines qui habitaient dans le même bâtiment m'ont dit qu'un jeune couple était venu s'installer dans son appartement. Quand les services de la mairie sont venus nettoyer son logement, ils ont découvert une vingtaine de chats qui se lovaient en pourrissant dans une odeur de fauve, d'urine et de bouffe avariée.

Sainte Rita

Rita Da Costa était la mère d'un ami, Lionel. Le seul garçon dont je me sentais proche, qui ne se moquait pas de moi et même si je savais que l'amitié entre une fille et un garçon pouvait être ambiguë, surtout à nos âges, la nôtre ne s'était pas tout de suite orientée sur ce terrain-là.

Sa mère était en dépression depuis plusieurs mois. Quand je passais voir Lionel chez lui, à la cité Pierre-Sémard, j'allais toujours la saluer. Elle était alitée en permanence. Je toquais à la porte de sa chambre, sa voix frêle me disait d'entrer. Je m'asseyais sur son lit. Elle était vêtue d'un pyjama rose à fleurs blanches, les cheveux défaits ou négligemment attachés par un élastique. Une gigantesque croix en bois était plantée dans le mur en face du lit, qui devait bien faire 1,50 m de long.

Au-dessus de son armoire, il y avait une dizaine de poupées en porcelaine qui me fixaient de leurs petits yeux. C'était une partie de sa collection. Elle en avait disposé un peu partout dans leur appartement. On échangeait quelques banalités puis elle se mettait à pleurer. Elle disait qu'elle n'avait plus goût à la vie.

Rita avait travaillé en tant que femme de ménage chez les particuliers puis comme dame de service dans les cantines scolaires. Toute sa vie, elle avait servi les autres et elle répétait que ça n'avait servi à rien. Je ne saisissais pas trop ce qu'elle essayait de me dire. Je sentais sa souffrance et son besoin éperdu de consolation.

Un jour, elle m'a dit : Tu sais, ma maladie, dans ma tête, c'est à cause de cette formation, j'aurais jamais dû la faire.

Elle avait débuté deux ans auparavant une formation d'agent de restauration qui devait lui permettre de progresser dans son travail, d'être plus experte dans la commande des repas, la gestion des stocks et la réglementation de l'hygiène et de la sécurité. Elle était très heureuse d'apprendre et fière de pouvoir monter en échelle. Sa formation lui permettait de se poser des questions, de donner un sens aux gestes accomplis jusqu'ici de manière machinale. Elle nourrissait pour la première fois des projets, elle avait le sentiment de devenir quelqu'un.

Ses collègues étaient devenues jalouses, méchantes et méprisantes avec elle. Elles se moquaient de ce qu'elle apprenait, la raillaient quand elle disait que les œufs devaient être placés la pointe en bas, que le beurre devait être mis dans un double emballage et à l'écart des aliments odorants et que la température du frigo ne devait pas dépasser 3° C.

Tu te prends pour une cheffe ou quoi ? T'as cru que tu travaillais dans les cuisines du Ritz ? Regardez-la, elle pète plus haut que son cul et elle croit que sa petite formation lui donne tous les droits.

Chaque moquerie l'égratignait un peu plus et au fil du temps, l'égratignure était devenue une blessure, et la blessure un grand trou dans lequel elle était tombée.

C'est à cause de cette formation, je le sais. Elles étaient jalouses parce que j'apprenais des choses qu'elles ne savaient pas. Elle a répété ce discours jusqu'à la fin de ses jours et elle n'a jamais pu en sortir. La méchanceté de ses collègues et les antidépresseurs l'ont tuée. Un samedi après-midi, en allant faire ses courses à Carrefour avec son mari, elle est tombée dans le rayon produits laitiers et elle ne s'est plus jamais relevée. Un coma profond puis la mort.

Lionel m'a demandé de l'accompagner à l'hôpital Jean-Verdier pour la voir une dernière fois avant la mise en bière. J'avais un peu peur. À quinze ans, je n'avais jamais vu un corps mort mais c'était mon ami et je ne pouvais pas le lui refuser.

Il y avait aussi sa sœur et son frère plus âgés que lui. Nous avons attendu dans une grande salle vide et froide, un homme est arrivé avec un brancard. Dessus, il y avait le corps de Rita. On l'avait préparée à être regardée. Elle était vêtue d'une robe bleu marine à boutons dorés. Maquillée et coiffée, les paupières et les lèvres collées. Ça sentait une drôle d'odeur. J'ai su plus tard qu'il s'agissait du formol. Mais je sentais autre chose. Une odeur que j'avais sentie pendant les vacances aux étangs d'Attin lorsque mon frère et moi étions tombés sur un hérisson mort en décomposition. Des milliers de vers blancs sortaient du ventre. C'était ça : une vague odeur de décomposition. À ce moment-là, j'ai ressenti une immense pitié pour Rita. On l'avait habillée, pomponnée, maquillée comme ces poupées qu'elle collectionnait, mais elle sentait la charogne.

Je n'ai pas pu m'approcher d'elle comme le faisaient ses enfants. Ils lui touchaient les mains, la tête, sa fille l'a même embrassée sur le front.

Je me sentais gênée, un peu voyeuse. Je n'avais pas à la voir comme ça. J'avais envie de partir mais je n'ai rien dit. J'ai attendu, j'étais là pour mon ami qui pleurait en silence.

Je suis sortie et dans la rue j'ai pris une grande inspiration. J'ai respiré profondément la pollution de la RN 3 qui va de Pantin à Villeparisis, traverse la Seine et la Marne et débouche sur Meaux. L'odeur des pots d'échappement, de l'essence, de la poussière, des ordures et de la friture qui s'échappait des fast-foods ne parvenait pas à chasser cette odeur de formol et de mort. Je l'avais dans le nez, elle s'était logée là.

Ils ont gentiment proposé de me ramener chez moi en voiture mais j'ai décliné.

J'ai marché le long de la RN3 jusqu'au pont où passe le tramway, je suis montée dedans pour descendre à l'arrêt du centre commercial Bobigny 2, j'ai foncé tout droit au Marionnaud, j'ai pris le premier parfum sous la main et j'ai respiré de toutes mes forces, en y collant mon nez, La Vie est belle de Lancôme.

L'ennui en classe. L'ennui chez moi. L'ennui dans la ville. Partout, je voyais ce sentiment vague et inexpliqué m'envelopper jusqu'à l'étouffement.

Me situer dans cet entre-deux était une autre manière de tromper l'ennui. Jouer à cache-cache avec les étiquettes, les identités, les rôles.

Bonne élève mais amie avec les cancres.

Banlieusarde mais toujours fourrée à Paris.

Femme au corps naissant mais habillée en garçon.

On me dira que l'exil désaxe. Que l'exil crée un balancement, une façon de se tenir en équilibre comme un funambule entre deux collines, entre nulle part et ailleurs.

Être là où on ne m'attend pas

Être absente là où on m'attend

Jamais ancrée, toujours à côté de la plaque, barque qui dérive et qui ne sait où accoster, poursuivant en vain le chant des sirènes que je composais moi-même dans un petit coin de ma tête.

Je n'avais pas d'objectifs, c'était uniquement la fuite, partir, s'arracher, lever l'ancre, se déraciner, déplacer le chez-soi ailleurs et lutter avec l'illusion d'être libre.

Je quitterai Drancy pour aller à Paris. Je quitterai Paris pour aller à Pékin. Je quitterai Pékin pour aller à Istanbul. Je quitterai Istanbul pour revenir à Paris. Je quitterai Paris pour revenir à Drancy.

Ulysse est rentré. Entre le départ et l'arrivée, je n'ai fait que me fuir moi-même en croyant fuir l'ennui.

VII

LA CONQUÊTE

Robine des Bois

Longtemps, je me suis ennuyée en classe. Une main posée sous mon menton, l'autre tenant mon stylo, je fixais le grand tableau blanc sur lequel je projetais des scènes de sitcom où je papotais avec Brenda, dansais avec Michael Jackson, embrassais Kevin Costner sur « I will always love you » de Whitney Houston. Sur le tableau blanc, j'écrivais mon évasion de la classe, du collège, de la banlieue, du monde extérieur qui m'entourait.

Je me reposais sur mes facilités. Le niveau général de la classe étant faible, avec un peu de travail et d'assiduité, je figurais parmi les trois premiers de la classe chaque année.

Je traînais avec les durs, les fouteurs de bordel, les lascars, les cancres toujours assis au dernier rang et qui avaient l'art de vanner et de faire rire. Il y avait en eux un humour lucide et désespéré et une marginalité qui se moquait de l'autorité. Je les admirais pour ça.

J'étais une excellente élève. Pas une fayote. C'est la raison pour laquelle mes copies circulaient à tous les devoirs sur table. Je leur filais aussi mes devoirs à la maison pour qu'ils puissent les recopier la veille de la date où il fallait les rendre. Je n'avais aucun problème à leur donner les réponses. Le savoir ne m'appartenait pas. Les notes n'étaient qu'un moyen de constituer un bon dossier et d'accéder à un ailleurs situé de l'autre côté du périphérique.

J'étais une Robine des Bois de la scolarité. Une communiste du savoir. Je le partageais, je le redistribuais à ceux et celles qui en avaient besoin. Prenez, c'est gratuit et si ça peut faire remonter la moyenne, tant mieux.

Les profs évidemment s'en rendaient compte et nous étions alors tous collés. Une heure de plus dans le collège avec les copains à rendre fous les surveillants, ce n'était rien pour moi.

J'étais aussi une experte de la triche. Lorsque la matière ne m'intéressait pas, je développais des talents de grugeuse. Récolter une bonne note en refusant de se soumettre à une matière qui n'avait aucun sens, c'était logique.

Je trichais allègrement en mathématiques, en technologie, en physique-chimie. J'ai toujours détesté ces matières et il était hors de question que j'apprenne docilement des leçons dénuées d'intérêt.

Mes antisèches circulaient aussi dans la classe. Petits papiers enroulés dans le capuchon du stylo, règle derrière laquelle figurait le tableau des éléments en chimie, larges bracelets avec la leçon de maths écrite à l'intérieur.

Je passais finalement plus de temps à élaborer mes techniques de triche qu'à apprendre la leçon en question.

J'évitais ceux qu'on appelait « les bouffons ». Eux, étaient assis à tous les cours au premier rang. Leur nom de famille était français de chez français, comme on disait. Ils avaient des lunettes et des fringues propres et repassées. On les appelait aussi les babtous fragiles.

Ce n'était pas leur look ou leur physique qui me dérangeait, non, car le mien laissait tout autant à désirer. Ce que je n'aimais pas en eux, c'était leur manière de cacher leurs réponses pendant les devoirs sur table. Ils mettaient leur bras sur la table en guise de rempart autour de la copie, j'y voyais là un signe flagrant d'avarice et d'égoïsme. Ils protégeaient leurs petits savoirs comme certains protègent leurs sous. Ce sens aiguisé de la propriété me rendait méfiante. D'autant plus qu'ils avaient souvent des résultats médiocres. Ils n'hésitaient pas à balancer les élèves devant le prof. Ils levaient la main pour dire : Monsieur, untel regarde sur ma copie. Madame, untel n'arrête pas de tricher. Je ne supporte pas les cafteurs. Ils avaient une admiration inquiétante pour les figures de l'autorité, le principal, les profs, leurs parents. Ils obéissaient. C'est tout.

Dès qu'on pouvait avec ma bande, on leur faisait de petites misères. On volait la trousse de l'un, on cachait les lunettes de l'autre, on collait du chewing-gum sur la chaise d'un troisième, on versait des petites cartouches d'encre dans leur sac, on donnait des petites claques derrière la tête du bouffon assis devant nous pendant le cours jusqu'à ce qu'il se mette à pleurer. Alors, satisfaits, on le laissait tranquille pour quelques heures. Ces larmes apaisaient notre vengeance. Nous nous acharnions sur eux parce qu'ils avaient ce que nous n'aurions jamais : un nom français qui les protégeait.

Le relooking

Le regard que portaient sur moi les élèves du collège commençait à me peser. Je voulais me débarrasser d'une image qui me collait à la peau et qui ne me correspondait plus. Une fille pas très féminine, poilue et laide, qui cachait son corps dans des vêtements amples et difformes, toujours amie avec les garçons car ne suscitant aucun désir en eux. Je finissais par détester cette franche camaraderie qui s'était instaurée entre les mecs et moi. Je passais dans les couloirs du collège et ils me tapaient sur la tête, me poussaient du coude, m'envoyaient une vanne, m'attrapaient par le cou comme avec leurs copains.

C'est comme si j'étais asexuée. Ça devenait insultant.

Je sentais confusément que pour parvenir à ce que je voulais devenir, il me fallait partir. Mais pour l'instant, j'étais encore dans un collège de banlieue et je tenais à opérer petit à petit ma transformation sous leurs yeux.

J'avais commencé timidement à porter de nouveaux vêtements. Il fallait y aller doucement. Un changement trop prompt aurait attiré sur moi les foudres de la moquerie.

Les bas de survêt et les baskets, c'était terminé. Je portais désormais des jeans qui épousaient davantage mes formes et des imitations Doc Martens que j'avais trouvées au marché de l'avenue Henri-Barbusse à un stand tenu par un Kabyle d'une cinquantaine d'années et son fils. Mes fausses Doc Martens faisaient très bien l'affaire. Elles avaient le bout en coque acier légèrement relevé.

La première fois que je les ai portées, Smaïn, qui prenait un malin plaisir à vanner tout le monde, a fixé mes nouvelles chaussures sans rien dire, l'air étonné, puis a souri, de ce sourire qui signifie qu'il venait de trouver la vanne parfaite et m'a lancé : Hé ! Washing Machine a de nouvelles chaussures, on dirait Charlie Chaplin ! Une semaine avant, notre prof d'anglais nous avait montré un extrait des *Temps modernes*.

Ce n'était rien, je pouvais encaisser. J'étais d'ailleurs une grande fan de Charlie Chaplin, on regardait avec mon frère tous ses films en nous tordant de rire comme Smaïn à la vue de mes chaussures.

Je pouvais encaisser mais les jours qui ont suivi je n'osai plus porter mes chaussures que j'aimais tant. Je ressentais une sourde colère, une colère envers moi-même parce que j'étais lâche, une colère envers Smaïn et tous les autres parce que leur moquerie m'empêchait d'être libre, une colère envers Charlie Chaplin qui portait les mêmes chaussures que moi.

J'ai fini par enfiler mes vieilles baskets Atemi.

Première tentative de relooking : un échec.

J'en avais marre aussi de mes pulls torsadés délavés et déformés. Petit à petit, j'ai fini par les remplacer par des pulls à col roulé ou à col V moins larges et moins longs, jusqu'à ce fameux jour où j'ai osé porter un pull moulant rose pâle qui faisait ressortir ma poitrine.

Je n'assumais pas encore la protubérance de mes seins mais il me fallait franchir le pas. Je devais assumer ma féminité.

Dans la classe et dans la cour du collège, je sentais tous les regards rivés sur mes seins. Je ne savais plus où me mettre. J'étais très gênée et je cherchais à les cacher à l'aide de mes bras, prenant des postures étranges et inconfortables comme un pantin disloqué.

Même les filles de ma classe m'ont fait des remarques : Ça y est tu montres tes seins, tu veux sortir avec un mec ou quoi ? T'as cru que t'étais Pamela Anderson ? Hé zarma elle fait sa belle !

En sortant du cours de maths l'après-midi, quatre garçons de ma classe s'étaient cachés dans le couloir derrière la porte et m'ont sauté dessus pour me peloter. Je me débattais, j'essayais de donner des coups et je sentais leurs mains et leurs doigts qui serraient, pinçaient, s'enfonçaient et s'agrippaient à mes seins. Ça me faisait mal et monsieur Letard, inerte et apathique comme d'habitude n'a rien fait, n'a rien dit, il a à peine murmuré un Ça suffit, voyons. Toute la classe rassemblée riait.

J'étais écarlate, essoufflée et j'avais envie de pleurer. Je me suis recoiffée, j'ai pris mon sac et je suis sortie du collège.

Le lendemain, j'ai enfilé un grand pull torsadé.

Deuxième tentative de relooking : un échec.

Ma détermination ne faiblissait pas. J'avais acheté un perfecto en similicuir noir. Il remplacerait ma doudoune usée et rafistolée, déchirée par endroits, d'où sortaient parfois des plumes d'oie. Je ne supportais plus cette grosse doudoune qui me donnait un air de bonhomme Michelin dégonflé. Un beau matin, j'ai franchi le portail du collège avec mon perfecto. Cette fois-ci, aucun sarcasme, aucune vanne, aucune allusion moqueuse ne pouvait m'atteindre. Je l'avais décidé : je porterais ce perfecto jusqu'à la fin de mon année de troisième, tous les jours, qu'il pleuve, qu'il vente ou qu'il canicule.

Je suis entrée dans la cour pour rejoindre les copines que j'avais vues au loin. Nouria et Sabine ont écarquillé leurs yeux : T'as un look d'enfer ! Mais Smaïn, encore une fois, est passé devant moi avec sa bande et il a explosé de rire : Non mais t'as quoi en ce moment, après Charlie Chaplin, tu veux ressembler maintenant à Johnny Halliday.

Johnny est devenu mon surnom durant la totalité du dernier trimestre de troisième.

Intrépide, j'ai tenu ferme et jusqu'au dernier jour de l'année, j'ai porté ce perfecto. Il me permettait de me démarquer des autres car j'étais la seule de ma classe à en porter un. Veste de motard, il me rapprochait de monsieur Ortega, dont j'étais secrètement amoureuse et espérais ainsi attirer l'attention. Il me donnait un aspect rebelle et anti-conformiste. Il était le symbole de ma nouvelle identité.

Les nuits parisiennes

Je crois que c'était durant mon année de seconde. J'ai commencé à avoir peur. La peur de rester enfermée dans ma banlieue.

La maladie et la mort de Rita m'avaient profondément marquée aussi. Elle avait voulu aller plus loin et on l'avait empêchée de voir l'horizon.

Monsieur Zedar aussi, tous les Guerriers vaincus fous ou pas encore semblaient me dire qu'il fallait partir de la banlieue qui étrangle à petit feu les rêves tapis au fond de soi.

J'avais peur de finir comme le Capitaine de Drancy, le chauffeur fantôme du 148, la folle du bâtiment D. J'associais la triste destinée de ces personnages à cette banlieue. Je tenais Drancy pour responsable de leur folie. J'étouffais.

J'étais en première L au lycée Eugène-Delacroix et je sentais un besoin urgent de prendre l'ascenseur pour grimper à des niveaux supérieurs. Où le trouver ?

Je nourrissais ce dessein secrètement en moi. J'en parlais à personne car j'avais peur qu'en l'évoquant, certains chercheraient à le détruire. Alors je gardais le silence et j'élaborais des stratégies, des plans, des combines pour pouvoir partir et m'élever à d'autres sphères. J'y pensais jour et nuit.

Dès le lycée, j'avais pris l'habitude de sortir avec mes potes à Paris le week-end. On allait boire des verres au SanZ à Bastille ou au Sancerre aux Abbesses. C'était un autre monde, plus bruyant, vivant, brillant.

Au SanZ, deux lourds rideaux rouges étaient suspendus aux portes d'entrée, j'avais l'impression d'entrer dans un théâtre, le théâtre de la nuit et des rencontres. On s'asseyait dans les grands fauteuils pourpres usés et déchirés par endroits de la salle du fond, devant une table en bois ou en marbre branlante, aux vieux et larges miroirs dorés fin XIXe accrochés aux murs écaillés rouges ou gris foncé. Des chandeliers argentés ou laqués noir auxquels il manquait une ou deux ampoules ainsi que trois grands lustres éclairaient la salle d'une lumière tamisée. C'était baroque et décadent. Ce luxe défoncé nous plaisait beaucoup. On se prenait pour des dandys. Des tableaux de femmes nues ajoutaient une atmosphère de maison close et échauffaient nos esprits. Alanguis sur nos fauteuils, nous buvions des monacos comme si c'était de l'absinthe. On avait le sentiment d'accéder à un monde de privilégiés. Parfois, les serveurs nous regardaient avec méfiance, ils devaient se douter qu'on était mineurs, mais on allumait nos cigarettes pour se donner un air grave.

On était parisiens le temps d'une soirée. On imitait leur accent en nasalisant les fins de mots et en ajoutant des Tu vois han ou des Quoi han, à la fin des phrases. Quand on n'avait plus de thune pour commander des monacos, on rentrait en métro dans notre banlieue déserte aux lumières éteintes.

Je devais sans cesse négocier avec mon père mes sorties parisiennes. À chaque fois, c'était une négociation foireuse qui se terminait en dispute. Il avait peur qu'il m'arrive quelque chose. La banlieue, la nuit, c'est dangereux et t'es une fille. J'avais beau lui dire que je faisais attention, qu'il exagérait, que c'était même sexiste de m'empêcher de sortir sous prétexte que j'étais une fille, ça explosait toujours en engueulade. Il refusait que je rentre après 22 heures. Je finissais par sortir et je ne rentrais jamais avant 1 heure du mat.

Un soir, on avait pris le dernier métro. Il fallait marcher environ vingt minutes à travers des rues pavillonnaires pour rentrer de Bobigny-Pablo-Picasso à chez nous. Les rues étaient vides, silencieuses et sombres. L'après-midi, nous avions fait quelques emplettes avant d'aller nous encanailler au SanZ. Florian, un copain de ma classe, avait acheté des Vans dans une boutique discount, Belinda des fripes dans une boutique de seconde main à Anvers, et moi une super veste en cuir violet. Nous marchions tranquillement en fredonnant « People are strange » des Doors, dont j'étais une fan inconditionnelle, quand on a vu une dizaine de gars s'avancer vers nous. Ils étaient très jeunes, ils devaient avoir à peine 12 ans. J'ai flairé immédiatement l'embrouille. Ils sont arrivés à notre niveau, un petit s'est pointé devant Florian et lui a pris son sac de chaussures, Florian a protesté, en s'agrippant au sac, un autre lui a sauté dessus pour le gifler mais Florian a réussi à l'esquiver, un troisième a surgi, a réussi à gifler Florian qui a fini par lâcher son sac. C'était à la fois comique et inquiétant. Avec Belinda, on a commencé à gueuler et à leur dire de le laisser tranquille mais j'avais à peine terminé ma phrase que j'ai senti des mains me tripoter les fesses et d'autres qui s'approchaient de mes seins, Belinda vivait la même scène et avec nos sacs on essayait de les chasser comme un essaim d'abeilles. Pendant ce temps, Florian se débattait avec quatre ou cinq gosses qui lui tambourinaient la tête. Ils se sont emparés de nos emplettes, ont déchiré les sacs pour en sortir les pulls, jupes, T-shirt, baskets et veste en cuir. C'est quoi ces fringues de charclos, sérieux, vous avez payé pour ça ? Ils ont balancé ma veste dans le jardin d'un pavillon, les fripes de Belinda ont fini éparpillées sur l'asphalte, le seul butin qu'ils ont emporté était les baskets de Florian, qui avait le visage rouge écarlate et le souffle saccadé.

On ne savait même pas si on devait rire ou pleurer. L'agression avait quelque chose de burlesque. On venait de se faire attaquer par une bande de sales gosses. On a ramassé nos fringues. J'ai dû escalader la grille du pavillon pour récupérer ma veste avec la peur qu'un berger allemand surgisse pour me dévorer. J'étais en train de ressortir quand on a vu un des gars revenir vers nous. Florian, pris de panique, s'est mis à courir. Le gars a tendu les baskets à Belinda. Tiens, je te les rends, elles font trop pitié.

Le Credo

Massoud était un vieil ami de la famille, il avait connu ma mère à l'université de Téhéran où ils étaient étudiants. Il était aussi militant et s'était exilé à Paris où il avait retrouvé mes parents. Il venait régulièrement chez nous.

Il enseignait le français aux étudiants étrangers de l'université. Arrivé en France à l'âge de 22 ans, il avait étudié avec passion et détermination le français et était devenu professeur de langue française à Paris 8. Il était passionné de littérature et c'est lui qui m'avait mis dans les mains mes premiers grands romans.

C'était un grand séducteur. Il avait la gueule de Camus et la voix de Laurent Terzieff. Il a longtemps incarné pour moi l'idéal masculin.

Il récitait par cœur des poèmes entiers de Char, Rimbaud, Lorca, Marceline Desbordes-Valmore, Baudelaire, Shakespeare, des passages de la *Divine Comédie.* Il avait une mémoire impressionnante. Il détestait Duras qu'il appelait l'analphabète, c'est la plus grande arnaque de l'histoire de la littérature, vide, creux, et tout le monde adore. Il adulait Yourcenar qu'il appelait la grande dame de la littérature, érudite sublime, archéologue de la mémoire. Il me disait de lire et relire Flaubert, Proust et Céline, qu'il appelait les Trois mousquetaires de la langue française. Je me sentais écrasée par leur génie. Il parlait sans cesse de Joyce. J'ai essayé de lire quelques pages de son *Ulysse* et je n'ai strictement rien compris.

J'adorais l'écouter me parler de livres. Je buvais ses paroles, je prenais des notes, j'écrivais à la hâte les titres, les noms, les références, les grands noms de la critique littéraire, j'avais envie de manger de la littérature. C'était aussi mon premier lecteur. Je lui lisais les textes que j'écrivais à l'époque, des poèmes, des nouvelles, des débuts de roman qui finissaient au fond des tiroirs. Il m'encourageait à poursuivre et son conseil était toujours le même : Si ça plaît à tes parents, alors c'est pas bon, déchire et recommence.

Un soir, nous discutions de ce que je pourrais faire après le bac et de sa voix chaude et profonde, il a prononcé l'expression Voie royale. Mes oreilles se sont dressées. Je lui ai demandé ce qu'était cette voie royale et il m'en a délivré la formule magique.

Hypokhâgne, Khâgne lettres sup,
École Normale Supérieure
Agrégation de lettres,
Professeur de littérature à l'université.

J'étais subjuguée par ces mots, excitée, je voulais tout savoir.

Je n'avais aucune idée de ce qu'hypokhâgne et khâgne voulaient dire. Il m'a expliqué que c'était l'autre nom des classes préparatoires. Ça faisait grec, savant, pharmacopée. Mais ça venait d'où ? Ça venait de « cagneux », en référence aux genoux cagneux, tournés et resserrés vers l'intérieur. C'est ainsi que les étudiants militaires de Saint-Cyr appelaient les étudiants littéraires des classes préparatoires pour se moquer d'eux : les genoux cagneux étaient de constitution fragile et n'étaient pas sportifs. L'orthographe a été modifiée par les khâgneux pour en donner une coloration savante et atténuer la portée moqueuse.

Tu iras dans une prépa littéraire Lettres Sup, les lettres de l'enseignement supérieur, et ces deux années te prépareront au concours de l'École Normale Supérieure qui forme des enseignants pour l'université et de futurs chercheurs, et tu passeras l'agrégation pour devenir professeure à l'université.

Je venais de trouver l'ascenseur qui me ferait monter aux étages supérieurs.

Pour atteindre cette voie royale, il me faudrait dès la terminale constituer mon dossier et choisir un lycée parisien prestigieux où faire mon hypokhâgne et ma khâgne. Royale, élite, prestigieux : les sirènes chantaient et je dansais. Je dansais sur cette voie royale, un manteau d'hermine jeté sur les épaules, une couronne sur la tête, caressant mon sein pour le préparer à recevoir de futures médailles d'excellence.

Quand Massoud est parti, je suis montée me coucher, éblouie par ma découverte. Dans le miroir, juste avant d'enfiler mon pantalon de pyjama, j'ai regardé mes jambes nues et, un grand sourire aux lèvres, je me suis dit que c'était un signe de mon destin.

Mes genoux étaient cagneux.

Le Quartier latin

Le lendemain de la conversation avec Massoud, j'ai fait des recherches pour dresser une liste de lycées parisiens célèbres pour l'excellence de leurs classes préparatoires. J'avais choisi les trois meilleurs, Henri IV, Louis-le-Grand et Fénelon, qui se trouvaient dans les 5e et 6e arrondissements de Paris, le Quartier latin. J'avais lu quelque part que Baudelaire se promenait enfant dans le jardin du Luxembourg avec son père, que Sartre et Beauvoir s'étaient rencontrés dans les amphithéâtres de la Sorbonne, que Malraux avait prononcé son discours au pied du Panthéon pour le transfert des cendres de Jean Moulin, que du haut des tours de Notre-Dame, Quasimodo avait poussé dans le vide Frollo pour aller ensuite mourir auprès de sa belle.

C'était là ma place, non pas dans la cave Montfaucon à pourrir en tenant enlacé le cadavre d'Esmeralda, mais en haut des tours de Notre-Dame avec Paris à mes pieds. C'était là que j'irais.

J'avais pris l'habitude presque tous les week-ends d'aller me promener dans ce quartier avec ma copine Belinda. Elle préférait Montmartre, les Abbesses et les Puces de Clignancourt mais je finissais toujours par la convaincre de venir avec moi arpenter le Quartier latin.

Mon perfecto en similicuir noir avait été remplacé par une longue veste usée en daim beige. Nos Adidas Gazelle noires et blanches aux pieds et en pantalon de velours, on déambulait dans les ruelles de la Huchette et de Saint-André-des-Arts et on poussait parfois jusqu'à Saint-Germain-des-Prés.

Posées au jardin du Luxembourg, on commentait le look des Parisiens et Parisiennes, on chopait de nouvelles idées vestimentaires, on se prenait à rêver d'une vie d'étudiante. Quand on avait un peu d'argent, on allait manger au chinois de la rue de Monsieur-le-Prince en face du cinéma Les 3 Luxembourg, le menu du midi à 50 francs, ou bien on buvait un café à une terrasse place de la Sorbonne. J'étais heureuse. Puis on rentrait avec le RER à Drancy. Sur le chemin du retour, j'avais le sentiment de laisser un bout de mon rêve à chaque gare et de m'en éloigner. Luxembourg, Saint-Michel, Châtelet-Les Halles, Gare du Nord, La Plaine-Stade de France, La Courneuve-Aubervilliers, Le Bourget. Il n'en restait plus rien arrivée à Drancy. Mélancolique, je rentrais chez moi, je montais dans ma chambre et je prenais mon journal intime pour y écrire les pensées tourmentées d'une Rastignac impatiente en mal d'ambition.

Parfois, il m'arrivait de sécher les cours le vendredi après-midi et d'aller me poster devant le lycée Henri IV ou Fénelon pour voir les élèves entrer et sortir. Depuis le trottoir d'en face, j'observais attentivement leur visage, leur tenue, leur façon d'être, de parler, de rire. Je ne leur ressemblais pas, c'était indéniable, mais je sentais que je pourrais un jour les approcher et faire partie de leur monde. Contrairement à mon lycée, il y avait peu d'élèves aux origines étrangères. Les quelques-uns que j'apercevais semblaient à l'aise et à leur place. Il y avait une assurance en eux que j'enviais. Je voulais leur ressembler. Je les observais dans le but de les imiter.

Je restais quelques heures puis je me promenais dans les rues avoisinantes et j'essayais d'entrevoir l'intérieur des grands et beaux immeubles parisiens. J'apercevais le haut des bibliothèques, un bout de cheminée, des plafonniers étincelants, une partie d'un miroir, des moulures et dorures au plafond.

J'imaginais la vie à l'intérieur de ces appartements luxueux et confortables. Ces élèves que j'avais observés quelques instants auparavant devaient vivre là-dedans. Un carré d'agneau dans le four embaumait la cuisine, un grand piano à queue noir dans le salon au pied duquel un enfant avait dispersé quelques jouets tandis que l'adolescent penché à son bureau étudiait. La nourrice attendait que la maman rentre pour s'en aller. Le père était en déplacement.

Des livres partout, des objets précieux de famille, des tableaux de maître, de lourds tapis, des meubles anciens ou design, chaque chose devait avoir une valeur financière, culturelle, familiale, un patrimoine qui s'étalait devant les yeux.

J'avais 23 ans, j'entrais dans un intérieur bourgeois pour y donner des cours particuliers de français.

Pendant presque sept ans, j'ai arpenté les beaux quartiers de l'ouest parisien autour de la tour Eiffel, je poussais les grandes portes en bois ou en verre et fer forgé, je passais ma main sur le marbre mural du hall d'entrée, je sonnais à l'interphone près de la loge du gardien, mes pieds se posaient sur le tapis coulant sur les marches de l'escalier en pierre haussmannien.

Le premier jour, je rencontrais la mère qui venait m'accueillir élégante, souriante et affairée. Le père je ne le voyais jamais. Je suivais la mère jusqu'au salon où je donnais le cours. Elle m'expliquait rapidement les difficultés de son enfant en lui caressant de temps en temps la tête et elle ajoutait pour finir : Je suis sûre que vous allez faire remonter sa moyenne. Son sourire marketing au coin de la bouche et son regard déterminé me faisaient clairement comprendre que je devais être rentable. Les cours suivants, elle aussi disparaissait. Je ne croisais plus que la nourrice, la femme de ménage, les profs de piano, d'anglais, de maths qui me précédaient ou me succédaient. Il m'arrivait de recroiser la mère toujours souriante et affairée, en tenue de sport cette fois-ci, car elle avait son cours particulier de gym ou de yoga à domicile. Des portes s'ouvraient et se fermaient, des employés entraient et sortaient. Plus il y avait d'enfants, plus il y avait de personnel. Je tombais sur eux au détour d'un couloir, surpris de voir un nouveau visage. On se saluait discrètement et chacun retournait dans une des innombrables pièces où un enfant attendait la fin du supplice des cours particuliers. Parfois, j'arrivais chez l'élève en même temps qu'un autre prof qui donnait un cours à son frère ou sa sœur, c'était cocasse, on attendait devant la porte, on se regardait sans rien dire avec un sourire gêné. On faisait presque la queue pour entrer. C'est tout juste si on ne se bousculait pas.

Ces familles employaient à elles seules un régiment.

La première fois que j'ai pénétré dans l'intérieur bourgeois d'un quartier huppé, c'était tellement spacieux que je me suis perdue pour aller aux toilettes.

La porte d'entrée à deux vantaux style haussmannien et ses lambris sculptés sur les côtés, le petit heurtoir doré, le couloir d'entrée recouvert tout du long d'un tapis oriental aux teintes bleues et jaunes, la pièce immense séparée en salon et salle à manger par une porte vitrée blanche, les pivoines lourdes dans un vase en porcelaine bleu et blanc de Chine posé sur une cheminée et reflété dans un miroir Louis-Philippe, une grande toile figurative d'un peintre inconnu, la table en acajou style Louis XVI sur laquelle je venais délicatement de poser mes affaires, la chaise confortable style médaillon en velours rose pâle sur laquelle je venais timidement de poser mon cul, les rideaux épais en velours ocre et leur embrasse à effet cordage d'un bleu de prusse, tombant en larges plis sur un parquet lustré impeccable dans lequel je pouvais presque me voir.

Mon élève au milieu de ce château de Versailles réactualisé, assis en face de moi, chétif et apathique, une mèche de cheveux lui cachant les yeux qu'il rejetait en arrière d'un mouvement de tête dévoilant un regard blasé, attendait que je parle.

J'avais à peine commencé le cours que je me suis très vite rendu compte que la seule chose qui l'intéressait était ses notes et sa moyenne. Si j'écris ça, ça peut rapporter des points ? Si je dis ça à l'oral, ça peut me valoir un 12 ? Et les figures de style, c'est important, ça peut faire remonter la moyenne ? Faut en mettre combien pour avoir une bonne note ?

VIII

LA DÉSERTION

L’élite de la France

Je sors du RER B à la station Saint-Michel et d’un pas ferme je me rends au 2, rue de L’Éperon. La tête haute, je passe devant les crêperies de la rue Saint-André-des-Arts, je souris aux passants, j’aimerais leur dire que c’est ma rentrée en hypokhâgne. J’y suis. Je regarde le drapeau français flotter et caresser le fronton du bâtiment sur lequel est gravé en lettres capitales LYCÉE FÉNELON.

Le matin, j’ai mis des heures à choisir mes vêtements, et j’ai pris le RER très en avance, je ne voulais pas arriver en retard.

J’ai mis mes habits les plus parisiens, ma veste en daim marron foncé, un haut blanc, mon pantalon à carreaux écossais, mes Adidas Gazelle et mon sac à dos gris Eastpak.

C’est la rentrée des hypokhâgneux. On est une centaine à attendre que la grande porte s’ouvre.

J’ai les mains moites à cause du stress.

La veille, durant la nuit, j’ai fait un rêve. C’était la rentrée. J’entrais dans le lycée, des élèves attendaient dans la cour et ils me regardaient en riant. Ils regardaient mes pieds. J’ai baissé les yeux, j’étais pieds nus. J’avais oublié de mettre des chaussures.

Les deux grandes portes en bois s'ouvrent. La cour intérieure est belle, de grands et magnifiques platanes montent au ciel et au rez-de-chaussée, un joli porche en verre et en métal d'un vert bouteille encercle l'édifice ancien construit à la fin du XIXe siècle. Rien à voir avec le bâtiment grotesque de mon ancien lycée, du béton, de la ferraille, des petites fenêtres, réplique parfaite des cités alentour.

Je sens le poids de l'histoire et du patrimoine.

Je regarde les visages, les looks, les attitudes de celles et ceux qui seront dans ma classe. Beaucoup de visages blancs, de la blondeur, des teints frais et des yeux clairs, ça sent la bonne famille et la bouffe saine. Très vite, je vois se dessiner deux types d'élèves, les enfants de chœur, très soignés, tenue propre, chemise et pantalon pour les garçons, jupe jusqu'aux genoux pour les filles et ceux qui se la jouent rebelles et anti-système. Le groupe des rebelles porte des vêtements qui paraissent froissés, usés, de seconde main mais je reconnais immédiatement les marques Carhartt, Converse, Vans, Kappa, Levi's. Ils portent de la marque de façon négligée.

Ma classe est la HK3.

Nous devons nous réunir dans une grande salle où le proviseur va faire un discours de présentation.

Le petit homme d'une cinquantaine d'années, brun, fluet, en costume bleu marine, chemise blanche, a les bras ramenés sur son ventre. Il se tient debout devant les professeurs, mais je remarque qu'il a des chaussures vernies noires avec de petites talonnettes sur lesquelles il se balance légèrement d'avant en arrière. Il est petit mais voudrait paraître grand. Il tient sa tête bien droite, le cou étiré au maximum, mais la tourne de temps à autre pour échanger quelques mots complices avec les professeurs. Il a un sourire de satisfaction au coin des lèvres.

Vos professeurs ne sont pas là pour vous aider mais pour vous rendre meilleurs, pour faire de vous l'élite de la France.

55 au départ mais combien à l'arrivée ?

Parmi les 55 élites de la France, quatre filles venaient de banlieue parisienne « défavorisée » : trois du 93 et une du 94 qui était la seule noire de la classe. Ils appelaient ça « le quota des banlieues ».

Sur les 55, 12 ont été acceptés en deuxième année, en khâgne, à Fénelon. Aucune du quota de banlieue, ni à Fénelon ni ailleurs.

Que diable allait-elle faire dans cette galère ?

Je ne suis pas en hypokhâgne mais en hypo-bagne. C'est comme ça qu'il faudrait appeler cette torture devenue mon quotidien.

Les langues vivantes sont devenues ma plus grande hantise, je ne sais rien en anglais et espagnol. Je me rends à l'évidence au bout du deuxième cours. C'est comme si je n'avais jamais eu de cours de langue de ma vie.

Nous attendions devant la salle d'anglais pour notre premier cours. Un attroupement s'était fait autour d'un élève. D'une voix forte et assurée qui contrastait avec la pâleur livide de son visage, celui-ci racontait qu'il avait perfectionné son anglais grâce à plusieurs séjours linguistiques à Oxford. Puis il a ajouté qu'il faisait partie d'une troupe qui montait Shakespeare dans la langue originale. Je n'en croyais pas mes oreilles. Je n'avais plus du tout envie d'aller en cours.

Toute l'heure s'est déroulée en anglais. J'en suis ressortie avec des sueurs froides. La prof était une petite blonde très sympathique, pétillante et fraîche comme la rosée du matin. Un chemisier crème sur un jean moulant, adossée à son bureau, elle tenait un livre à la main. Le sujet du cours était le fantastique dans la littérature anglo-saxonne du XIXe siècle. Elle a ouvert un recueil d'Edgar Allan Poe, a lu en anglais la nouvelle « The Tell-Tale Heart », elle a ensuite entamé une longue conversation à propos du texte avec les étudiants sans le moindre mot de français, ces derniers lui répondaient avec la plus grande aisance qui soit. Je me suis rappelé cette dédicace de Stendhal à la fin de *La Chartreuse de Parme* : *To the Happy Few*.

Le chef des *Happy Few*, celui qui se donnait en spectacle avant le cours avec ses séjours linguistiques et sa troupe shakespearienne, un certain Jacques, devenu plus tard le conseiller d'un président de la République, plaisantait en anglais avec la prof sur un extrait du texte. Enfin je crois, je ne comprenais rien à leur langue, à leur échange, je captais un mot sur dix et j'essayais de deviner le reste, j'observais leurs gestes, leur visage, leurs mimiques, tout ce qui pouvait me donner des indices. J'étais catapultée dans un monde que je ne pouvais même pas soupçonner. Et puis j'ai entendu le nom de Bill Clinton et de Monica Lewinsky, oui j'en suis sûre, la prof parlait d'eux mais pourquoi ? Et comment était-on passé de Poe à Clinton ? La tête à claques Jacques a dit un truc en anglais et tout le monde a ri. Enfin pas tout à fait, les *Happy Few* seulement. Ils se lançaient des regards complices où miroitait l'arrogance de ceux qui sont à la bonne place.

C'est à ce moment-là, assise dans cette classe où on échangeait entre soi des boutades so british que j'ai revu la tête de monsieur Zedar, un bout de papier cul collé à ses lunettes, son vieux pull rafistolé et son pantalon de velours taché de sauce et de craie en train de hurler la leçon d'anglais pour des lions en cage.

Le cours d'espagnol était pire. Là, je n'ai même plus essayé de déchiffrer quoi que ce soit. La prof enchaînait ses phrases en espagnol à une vitesse folle, faisait des références à des livres, il me semble, ou des films, je ne sais pas très bien. Les étudiants opinaient de la tête, l'air sérieux et grave à cause du sujet. La voix de la prof était comme un vrombissement doux de moteur Diesel qui me berçait et m'assoupissait.

Grâce aux images, j'ai su de quoi nous parlions : la guerre d'Espagne, Franco et les Républicains, mais sur le tableau en face de moi, je voyais défiler les diapositives de vacances de monsieur Gonzales en short et chemise à fleurs un verre à la main, et soudain je me suis souvenue des pantalons de madame Ivanska, notre prof d'espagnol au lycée. Elle attachait ses pantalons en bure à l'aide d'une corde. Elle nous martelait à chaque cours que tout ce que nous dirions serait retenu contre nous avec un fort accent polonais.

Tandis que le moteur Diesel en était aux Brigades internationales, ça je l'ai compris, car le mot espagnol est quasiment le même qu'en français, je me suis rappelé une scène surréaliste en classe de terminale, où madame Ivanska nous avait avoué sa passion sans borne pour le tango et son amour secret pour Carlos Gardel. Nous lui avions demandé de faire une démonstration. Et elle avait improvisé un pas de tango, énergique et désarticulé, tournant sur elle comme une toupie, sous nos yeux écarquillés.

Je n'avais jamais fait de latin de ma vie et j'étais en latin dans le cours « grands débutants ». La prof était petite et obèse, habillée en jogging noir et baskets blanches, un sac banane en cuir lui entourait la taille. Je ne m'attendais pas à un look pareil. J'imaginais une vieille femme maigre, un tailleur gris ou marron, un chignon blanc et des lunettes pendues au bout de son nez. Son allure sportive était en parfaite contradiction avec son tempérament. Elle s'est très vite révélée totalement dépressive. Elle ne nous regardait jamais dans les yeux, fixait un point perdu au fond de la salle, se levait avec difficulté de sa chaise, semblait essoufflée en permanence et parlait tout doucement. Était-ce l'effet d'enseigner une langue morte ? L'influence d'une langue ensevelie comme ces corps que j'avais vus à Pompéi figés dans un ultime mouvement par la lave du Vésuve ?

Elle a écrit une phrase latine au tableau et nous a donné quelques minutes pour en deviner le sens.

Spes proemii laboris est solatium.

J'ai essayé de déchiffrer sans regarder dans le dictionnaire latin-français, le fameux Gaffiot, qui pesait une tonne. *Spes* espèce, *proemii* la proéminence, *laboris*, le labeur, et *solatium* faisait penser à quelque chose de solaire. Ça donnait donc « l'espèce proéminente du travail est solaire. » Ça ne voulait rien dire.

Une élève a levé la main pour donner sa traduction. « L'espoir de la récompense adoucit la fatigue du travail », puis elle a ajouté : C'est une citation célèbre et inspirante pour nous en prépa. Mais quelle bouffonne !

J'ai très vite compris que les grands débutants étaient de faux débutants et qu'ils avaient tous fait du latin au lycée, à la différence des confirmés qui en avaient fait dès le collège.

J'étais foutue.

Mon premier cours de philo fut un choc. Criticisme, idéalisme transcendantal, phénoménologie, éthique déontologique, éthique conséquentialiste, eudémonisme, hétéronomie, phénomène et noumène. La prof d'histoire avait presque le même faciès que l'homme de Néandertal et semblait aussi éteinte que lui depuis près de 30 000 ans. D'une voix monocorde, elle nous parlait de Cromwell. Mais bon sang, qui était Cromwell ? Je ne saisissais rien des références historiques. Totalement perdue, je ne savais même pas à quelle époque on se situait.

Le français m'était devenu une langue étrangère.

32 heures de cours par semaine. 1 h 15 aller, 1 h 15 retour soit 2 h 30 de trajet par jour fois 5 = 12 h 30 par semaine soit 32 h plus 12 h 30 = 44,5 h par semaine. À l'aller comme au retour, je suis tellement fatiguée que je somnole, je m'endors et il m'arrive parfois de rater ma station. Le matin, j'ai une boule dure dans le ventre qui grossit au fur et à mesure que je m'approche du lycée. Le soir, ma tête est comprimée par le poids de toutes les leçons de la journée. C'est une boule de bowling qui roule au long des rails du RER B pour aller tomber au fond de mon lit.

Sans compter les devoirs à la maison, sur table, à préparer, à anticiper, à proposer, à réviser, à retravailler, les devoirs à revoir, les devoirs à rendre. À rendre de tout mon gosier que l'on gave comme une oie.

Sans compter les lectures qui s'ajoutent, s'accumulent, s'enchaînent, s'entassent, m'écrasent un peu plus. Chaque nouveau titre, chaque nouvelle référence incontournable qu'il faut absolument avoir lue, qu'il est absolument inconcevable de ne pas avoir lue, est comme un coup de marteau sur la tête qui me ratatine le corps. J'ai honte de mon ignorance, de ma paresse, de mon inertie. Qu'ai-je fait pendant toutes ces années ? Pourquoi je n'ai pas lu tout ça ? Pourquoi je n'ai rien appris ? Je ne pouvais imaginer un seul instant que le savoir aurait un tel poids sur ma cage thoracique.

On me gave, on m'écrase de savoir, on m'enfonce par tous les trous des kilos de références historiques, sociologiques, philosophiques, littéraires, géographiques, linguistiques. Et le pire dans tout ça, c'est que je n'y comprends rien. Absolument rien.

Eux et moi

Au bout d'une semaine, j'ai compris que je ne pourrais jamais être comme eux. J'ai été acceptée en classe prépa parce que je faisais partie du quota de banlieue.

On vient me parler, on s'intéresse un peu à moi. Une grande brune élancée à la coupe garçonne, très élégante en veste tailleur rouge et pantalon à pinces noir s'approche de moi.

– Tu viens d'où ? T'habites à Paris ?

– Non j'habite en banlieue.

– Où ça en banlieue ?

– Dans le 93, à Drancy.

– Le 93 ? Mais ça craint pas trop ? J'ai entendu des choses affreuses sur le 93.

– Non ça va, Drancy c'est plutôt calme.

– Je ne connais pas, mais bon ça doit pas être facile tout de même.

J'ai eu envie de lui répondre que je ne me faisais tabasser que tous les deux jours, violer une à deux fois par semaine, qu'on m'arrachait mon sac à la sortie du RER tous les soirs, mais que ça va, je tenais bon.

Un autre jour, c'est un mec aux cheveux longs attachés par un élastique, un poncho sur les épaules qui vient me parler, un petit sourire séducteur au coin de la bouche.

– C'est marrant, t'as un accent. Il vient d'où ton petit accent ?

– Je sais pas, j'ai grandi en France. C'est la première fois qu'on me dit que j'ai un accent.

– Ah si, t'as un accent, t'es née en France ?

– Non en Iran, à Téhéran.

– Ah bah voilà, c'est ça, t'es arrivée à quel âge en France ?

– À six ans.

– C'était pas trop dur ?

– Non, ça va, on s'adapte.

– Mais il est mignon ton petit accent. Tu devrais en être fière.

Deux jours plus tard, une autre fille s'adresse à moi, elle ressemble à Lavinia dans le dessin animé *Princesse Sarah*. La méchante blonde jalouse qui fait des misères à Princesse Sarah.

Elle porte la jupe bleu marine aux genoux du groupe enfants de chœur, un chemisier jaune, et des chaussures vernies noires. Elle a attachée ses boucles blondes avec deux petites barrettes dorées sur les côtés.

– On m'a dit que t'étais iranienne. Je viens d'Henri IV, tu connais Omid ?

– Non, c'est qui ?

– C'était un garçon qui était dans ma classe en terminale l'année dernière. Ses parents sont iraniens et lui était né en France. Il s'est suicidé en se jetant de sa fenêtre.

Soudain, je me suis souvenue d'Omid. Je ne l'avais jamais rencontré mais mes parents connaissaient son père. J'avais entendu parler de sa triste mort. Mon père était allé à son enterrement. Il m'avait dit en revenant de la cérémonie que le père d'Omid avait vieilli de dix ans d'un coup.

– Tu ne le connais pas ?

– Non.

– On était tous choqués. Certains ont pensé que c'était à cause du lycée Henri IV et de la pression que subissent les élèves. Moi je crois pas, on se suicide pas pour ça.

Je voulais qu'elle se taise et qu'elle s'en aille. Je n'ai plus rien dit et elle a fini par me parler de la version latine qu'on devait rendre.

Une autre fois, à la cantine, je mange avec les deux filles du quota de banlieue. Elles habitent à Aulnay-sous-Bois, Sarah et Léa. Ce sont les deux seules filles que je trouve normales, sincères et sympas dans cette classe mais j'ai pas vraiment envie de devenir amie avec elles, elles me rappellent tout ce que j'ai déjà connu et que je veux quitter, la banlieue, le 93, la ZEP, un lycée pourri, un milieu social modeste. Je suis en prépa dans le Quartier latin pour ne plus rien voir de la banlieue, mais elles me rappellent d'où je viens, que je le veuille ou non, je sais que je leur ressemble, qu'on est forgées de la même matière, mais je ne me sens pas le courage pour l'instant d'approcher les autres élèves, les *Happy Few* ont autour d'eux un étrange bouclier qui les rend inaccessibles et intouchables.

L'unique fille noire de la classe, venue de Créteil, timide et farouche, fuit tout le monde, ne dit pas un mot, rase les murs et s'éclipse à la fin des cours. Elle a dans les yeux ce que je refuse de voir dans les miens : la sidération.

Une fille de notre classe vient s'asseoir en face de nous avec son plateau. Elle est grande et maigre et a l'habitude de repousser derrière ses épaules ses longs cheveux châtain clair qui encadrent son visage allongé comme deux rideaux soyeux. Je remarque qu'elle se ronge les ongles.

Très souriante, elle se présente, elle s'appelle Clémentine, elle vient du lycée Montaigne, près du jardin du Luxembourg.

– Vous allez vous présenter aux élections de délégués de classe ? Moi, oui, je me dis qu'avec un père diplomate et une mère psychanalyste, j'ai toutes mes chances.

On s'est regardées et on s'est demandé si c'était ironique.

– Et vous, ils font quoi vos parents ?

– Ma mère bosse dans une usine et mon père est chauffeur de taxi.

– Ah oui ? Une usine de quoi ?

– Une usine qui fabrique de la glace. C'est du travail à la chaîne.

– Et toi ?

– Mes deux parents sont fonctionnaires au centre des impôts.

– Ouh c'est pas rigolo ça. Et toi ?

C'est mon tour. Je sais pas pourquoi mais j'ai eu envie de l'étrangler avec ses longs rideaux de cheveux, lui faire un joli nœud bien serré autour du cou, la voir mourir tout doucement. Mais j'ai répondu docilement :

– Ma mère est aide-soignante et mon père bosse dans le bâtiment.

Elle a continué de parler sans arrêt, à débiter toute sa vie, ses projets, ses ambitions.

On l'écoutait, on disait rien, on finissait notre yaourt à la vanille.

C'est comme si elle nous avait déshabillées avec sa question sur la profession de nos parents. Soudain, la classe sociale s'étalait, éventrée au grand jour.

J'ai ressenti une peine immense, une pitié qui me serrait le cœur pour moi, pour nous, nos parents, notre 93, notre présence dans cette classe, cette cantine, assises en face de Clémentine.

Deux semaines après la rentrée, une fille de la classe, Clara, donnait une petite fête chez elle. Elle avait invité tous les élèves de la HK3 pour qu'on apprenne à mieux se connaître. Léa n'irait pas, les fêtes ne l'intéressaient pas. Je n'avais aucune envie d'y aller non plus mais Sarah ne voulant pas y aller sans moi a insisté et j'ai accepté par solidarité. Je ne pouvais pas la laisser aller seule dans un milieu qui me paraissait de plus en plus hostile.

Ce fut la soirée la plus étrange de ma vie.

La fête avait lieu dans un grand appartement bourgeois rue des Écoles. Ce qui m'avait le plus émerveillée c'était les bibliothèques. Elles étaient au nombre de trois, blanches aux portes vitrées avec de petites lumières qui s'allumaient à l'intérieur, et occupaient quasiment tous les murs du salon. La mère de Clara était peintre et son père professeur à l'université et critique littéraire. J'avais remarqué de très beaux livres d'art, des livres anciens, des éditions rares.

Sarah avait vendu du shit à quasiment tous les invités, du très bon shit de la Cité des 3000 d'Aulnay. Elle faisait du business, comme elle disait en se frottant les mains. Ils n'avaient aucune notion des prix ni des quantités ni de la qualité. Les clients les plus naïfs qui soient.

Et nous nous sommes très vite rendu compte qu'ils n'avaient pas l'habitude d'en fumer. Ils ne savaient pas rouler les joints, ils venaient nous le demander et on s'est retrouvées occupées à l'atelier « roulage de oinj », assises confortablement sur le canapé Chesterfield en cuir marron du salon tout en buvant du punch.

Au bout de quelques heures, de beaucoup de verres et de pétards, la fête a dérapé et basculé de l'autre côté, le côté obscur et incontrôlable des pulsions qui remontent à la surface. Était-ce le mélange alcool et shit ? Était-ce la pression du bagne ? Était-ce une folie qui sommeillait en eux depuis longtemps ? Je l'ignore mais le spectacle qui s'est offert à nous était effrayant.

L'élément déclencheur était peut-être ce mec totalement ivre qui est monté sur une table et s'est mis à hurler. Je vous déteste, je chie sur cette classe, sur vous tous, bande d'hypocrites, on fait semblant de faire la fête, d'apprendre à se connaître mais moi j'en ai rien à foutre de vous, je suis prêt à vous écraser, à vous piétiner pour réussir car c'est ça la prépa et rien d'autre, plus vous échouerez et plus j'aurai des chances de réussir, je vous vomis dessus. Et en effet, il a fini par vomir tout ce qu'il avait bu sur le beau parquet du salon.

Puis, une fille a éclaté en sanglots. Elle était prostrée dans un coin du salon. Un mec s'est approché pour la consoler mais elle l'a repoussé et continué de sangloter encore plus fort. Son corps était secoué de spasmes. Elle s'est levée subitement, a couru et s'est jetée contre le mur. Tout le monde a crié. Vite, il faut appeler les secours. La pauvre fille ne s'était pas fait mal mais, étalée sur le sol, elle disait qu'elle voulait mourir.

Sur le canapé en face de nous, je remarquai un groupe de deux filles et deux garçons totalement avachis et blêmes présentant tous les symptômes de ce qu'on appelle un bad trip.

On s'est regardées avec Sarah en se disant qu'il était peut-être temps de mettre les voiles. Ça commençait à sentir l'hôpital psychiatrique.

Je vis dans une banlieue terrifiante, j'ai un petit accent dont je devrais être fière, un compatriote inscrit dans le plus prestigieux lycée de France s'est suicidé à 17 ans et certains élèves de la classe ont des tendances sadiques et masochistes quand ils font la fête. Au bout de deux semaines, j'ai évité toute conversation avec les étudiants de la HK3 à l'exception des deux filles de banlieue.

Le masque

Je me suis mise à mentir. Je mentais comme je respirais. Je portais un masque qui me protégeait et qui me rongeait le visage à la fois. Je suffoquais derrière mais je ne pouvais plus l'enlever.

Je faisais semblant d'avoir le niveau, de tout comprendre, de n'avoir aucune difficulté. Je jouais à celle qui comprenait tout en anglais, en espagnol, en latin. Je mentais sur les devoirs à rendre, prétendant que j'avais déjà fini la composition d'histoire sur Cromwell, bien entamé celle en philo sur Kant et que j'étais à jour dans les lectures recommandées par les profs.

Je remarquais l'étonnement chez mes compatriotes de banlieue lorsque je débitais mes mensonges.

– Tu comprends les cours d'anglais ? C'est tendu, je pige pas un seul mot, m'avouait Sarah.

– Oui ça va, je comprends pas tout mais au moins 90 % de la leçon oui.

– Sérieux ? T'as dû avoir de super profs au collège et au lycée.

– Oui et puis j'ai bossé dur, ça paie maintenant.

À qui je jouais cette triste comédie ? À mes parents, aux étudiants de ma classe, à moi-même ?

J'avais peur de finir comme Jean-Claude Romand, de m'enfoncer dans un mensonge dont je ne pourrais plus jamais sortir et qui me mènerait au crime ou au suicide. Il avait menti pendant dix-huit ans. Il y a eu ce premier mensonge qui a tout déclenché lorsqu'il a dit qu'il avait réussi sa deuxième année de médecine. Si je continuais comme ça, je dirais comme lui que j'ai réussi ma première année, que je suis passée en khâgne, que j'ai été acceptée à Normale Sup, que j'ai eu l'agrégation, que j'enseigne à la Sorbonne. Lui pendant dix-huit ans a passé ses journées sur le parking d'une aire d'autoroute à manger un sandwich ou à écouter des conférences de médecine en auditeur libre, moi je les passerais assise dans les amphis de la Sorbonne ou à traîner dans les rues avoisinantes, un panini trois fromages à la main.

J'appréhendais les premières notes, les premiers examens sur table, les rendus de copies, parce que tout le monde verrait l'étendue de ma mascarade. Je n'en dormais plus la nuit, je faisais des cauchemars où on découvrait mes mensonges. J'avais peur d'être démasquée.

Le prof de philo circule dans les rangs et nous rend les copies. Arrivé à ma table, il me glisse un 2/20. L'étudiante assise à côté de moi voit ma note et se met à rire et puis une autre et puis un autre et toute la classe rit en me montrant du doigt et en me traitant de menteuse. Je me réveille en sursaut, en sueur, au milieu de la nuit.

Pour l'instant, je n'avais rendu aucune copie donc aucune note ne pouvait me trahir. Mais nous étions au début de la troisième semaine et les dates approchaient.

Madame Carbonnier, une belle femme d'environ 45 ans, enseignait la littérature. Le Jacques qui frimait au premier cours d'anglais était son fils. Elle avait les cheveux courts et blonds, portait des tailleurs élégants et sexy assortis à ses talons aiguilles et, autour du cou, elle attachait de drôles de pendentifs qui allaient se loger au milieu de ses seins. Pendant le cours, elle avait l'habitude de parler tout en caressant ses pendentifs. Les garçons de la classe avaient les yeux rivés sur son décolleté et le mouvement lent et sensuel de ses doigts sur les pierres qui pendaient là où ils avaient envie de s'aventurer.

Je trouvais ça écœurant. Elle m'agaçait, la Carbonnier, avec ses airs de bourgeoise qui chauffe la jeunesse. Elle disait en se caressant le cou et les cheveux que la langue était sensuelle, qu'elle avait de la chair, et qu'il nous fallait jouir du texte et jouir de la vie surtout pour pouvoir comprendre la littérature. Elle mordillait le bout de son stylo en exhibant ses petites dents blanches, voulant se donner un air sauvage de vieille tigresse. Elle émettait des petits « oui » aigus quand un élève répondait avec brio. On travaillait sur Proust et quand elle lisait un passage à voix haute, elle soupirait, respirait profondément, fermait les yeux à la fin du texte. Elle était pathétique.

Elle nous a dit qu'on aurait une première composition à rendre dans deux semaines. J'étais terrorisée à l'idée de rendre cette composition. Je ne pouvais accepter d'avoir une note médiocre en littérature. Pour les autres matières, je l'admettais encore, en littérature non.

« Le désir fleurit, la possession flétrit toutes choses. » Vous commenterez cette citation de Proust à la lumière de son œuvre.

J'ai lu le sujet et j'ai compris que je ne rendrais jamais cette composition.

La fille assise à coté de moi a souri et m'a dit :

– Quel beau sujet ! J'ai hâte de m'y mettre. Je pense tout de suite évidemment à la problématique de la jalousie, notamment à travers *La Prisonnière* et

Albertine disparue, mais il me semble que c'est également une parabole de l'écriture proustienne.

Et je ne sais pas pourquoi, j'ai répondu :

– La Prisonnière, La Disparue, la Fugitive, c'est moi.

– Pardon ? Qu'est-ce que tu dis ?

– Non rien…

Je suis sortie du cours comme une automate. J'ai pris le RER B à Saint-Michel. Pendant tout le trajet jusqu'à chez moi, je me disais qu'en deux semaines, il m'était impossible de lire tout Proust et de faire ce devoir. Je n'avais lu que *Du côté de chez Swann.* J'étais foutue.

Mon rêve, mes ambitions, mes projets : tout était flétri sans même l'avoir possédé. Mon désir n'était que flétrissure, illusion d'une illusion, mensonge du début à la fin. On m'a menti en me faisant croire que j'avais ma place en hypokhâgne, je me suis menti à moi-même en croyant que la voie royale était la mienne. L'égalité des chances, l'école de la République, le gâteau de l'élite, c'était franchement indigeste. Je n'en mangerais plus. Cet ascenseur dans lequel j'étais montée me donnait le vertige et un haut-le-cœur. Je ne le prendrais plus.

La fuite

Fuir était ma seule issue. C'était physique, je ne pouvais pas rester. Comment annoncer mon échec ? Comment l'annoncer à mes parents ? Comment l'annoncer à Massoud qui était si fier que je sois acceptée en prépa à Fénelon ?

Je me suis donné une journée pour réfléchir.

Je remuais tout ça dans ma tête dans tous les sens jusqu'à devenir dingue. Et si je restais au moins un an, j'irais ensuite à la fac. Oui mais fallait obtenir une équivalence et vu mon niveau, c'était pas gagné. Je pourrais peut-être pas m'inscrire en deuxième année de fac. Il faudrait alors recommencer la première année. Ce serait comme un redoublement. Et puis comment affronter le regard des autres quand la vérité de mon niveau éclaterait au grand jour ? Comment supporter ne serait-ce que quelques jours de plus ce bagne, alors un an je ne pouvais même pas le concevoir.

J'étais comme un rat, prise à mon propre piège, à ma propre vanité. J'avais visé trop haut, j'étais tombée bien bas.

Ma décision était prise. Aujourd'hui même, au bout de trois semaines, j'allais fuir de la HK3 du lycée

Fénelon et quitter à jamais la voie royale à laquelle je m'étais destinée.

Le dernier cours de ma dernière journée était celui de madame Carbonnier. Je suis allée la voir à la fin de sa leçon masturbatoire. Elle rangeait ses affaires. Je me suis approchée de son bureau, elle sentait une forte odeur de parfum, bien capiteux et lourd.

Je lui ai dit que j'allais quitter la prépa. Elle a levé la tête, a enlevé ses lunettes et m'a regardée un instant. Elle m'a répondu tout en continuant à ranger ses affaires que c'était probablement la bonne décision car comme l'avait dit le proviseur : la HK ne fait pas de cadeau. Vous irez où ? me demanda-t-elle en fermant la porte de la classe. Je pense aller à la Sorbonne en DEUG 1 de lettres modernes. Ah oui très bien, vous savez, ici ou ailleurs, l'essentiel c'est d'être à sa place. Elle marchait très vite dans le couloir et j'essayais de suivre son pas. Vous pensez que c'est bien la Sorbonne pour les études de lettres ? Oui, oui, ne vous inquiétez pas. J'avais du mal à la suivre, nous traversions la cour et des élèves me barraient le passage. Elle sortait du lycée et j'ai dû courir pour la rattraper. Excusez-moi, je dois y aller. Bonne continuation à vous. Et elle est partie avec ses dossiers sous le bras, son beau cartable en cuir noir et son petit sac à main croco Lancaster en faisant claquer ses talons sur le pavé.

Elle m'a plantée là au milieu de la rue de l'Éperon.

CP

Il pleuvait. Une fin de journée d'un début d'automne parisien. Je marchais comme un chien mouillé pour aller prendre le RER et rentrer dans ma banlieue. Je n'étais pas pressée de rentrer. J'aurais pu rester comme ça sous cette pluie pendant des heures à regarder les passants courir, se couvrir la tête, marcher d'un pas hâtif. J'aimais bien cette pluie, elle lavait la crasse de mes mensonges et de mes illusions et les emportait dans le caniveau.

Je me suis arrêtée à la fontaine Saint-Michel et j'ai observé la sculpture dans la niche de la fontaine. Saint-Michel terrassant le Démon. Il était pathétique, ce démon grimaçant, et l'épée de l'archange était toute tordue.

J'avais échoué lamentablement mais je me sentais légère, débarrassée de ce poids qui m'opprimait les poumons depuis trois semaines. Tout avait disparu d'un coup : les devoirs, les examens, les colles, les tonnes de livres à lire, les cours incompréhensibles, les récompenses, les médailles, le tapis rouge, l'excellence, l'élite, le gâteau, l'ascenseur. Les Sirènes s'étaient tues. J'étais soulagée de ne plus les entendre. Ces salopes de Sirènes.

Il n'y avait plus que le bruit de la pluie et quelques klaxons, les lumières de la ville et la Seine chatouillée par les gouttes de pluie. J'ai marché jusqu'à Notre-Dame, je me suis assise sur un des bancs de son parvis. Malgré la pluie, des touristes faisaient la queue pour y entrer. J'ai levé la tête, il n'y avait personne en haut des tours. Ce n'était qu'une cathédrale.

Chez moi, mes parents fumaient dans le jardin. J'ai fondu en larmes en les voyant. Une crise de larmes violente. Il fallait que ce soit spectaculaire. Des sanglots me secouaient le corps entier. Ils se sont levés, paniqués, m'ont demandé ce qui s'était passé. Je n'arrivais pas à parler, à articuler. J'ai fini par leur dire que j'abandonnais tout, que je n'irais plus en prépa, que c'était trop difficile pour moi.

Ils m'ont consolée. Ce n'est rien, voyons, faut pas te mettre dans des états pareils. Tu iras à l'université et tu réussiras tout aussi bien. L'université ? C'est là que vont ceux qui échouent en prépa. Il n'y a pas de sélection, tout le monde peut y entrer avec un bac.

J'ai séché mes larmes et je suis rentrée à l'intérieur de la maison. J'ai monté les marches pour aller dans ma chambre et je suis passée devant celle de mon frère. Il jouait à son jeu préféré, les Lego. Je me suis arrêtée pour le regarder jouer. Il était tout entier absorbé par sa nouvelle construction, penché au-dessus des petites pièces de différentes couleurs qu'il assemblait avec le plus grand sérieux. J'ai lâché mon sac de cours dans le couloir et je suis entrée dans sa chambre. Je me suis assise et j'ai joué avec lui. Je n'avais envie que de ça : jouer avec lui aux Lego.

Qu'est-ce que tu construis ? Un grand navire de guerre. Je peux t'aider à le construire ? Oui.

Et j'ai joué pendant des heures avec lui. J'aurais aimé suspendre le temps, que notre jeu dure toute la vie, que la vie entière soit contenue dans ce jeu de Lego, dans ce grand navire de guerre à construire et rien d'autre.

J'ai 6 ans. Je ne suis plus en classe préparatoire mais en cours préparatoire.

J'ai 6 ans, je suis en CP. Mêmes initiales.

J'ai 6 ans, et je joue aux Lego.

Tout va bien.

Tu as vécu à Téhéran, Paris, Pékin, Istanbul. Tu as voyagé en Inde, au Cambodge, au Chili, en Corée du sud, en Allemagne, en Espagne, en Hollande, en Angleterre, au Canada, en Italie, au Portugal, en Grèce, en Serbie, en Bosnie, en Croatie, au bout du compte tu reviens à Drancy, c'est là que tu jettes l'ancre.

Dès que j'ai pu, j'ai cherché à fuir cette ville. Je ne voulais plus jamais y remettre les pieds. Quand j'y vivais, j'avais le sentiment de la subir, de subir son histoire, son insignifiance, son indifférence. C'est peut-être lié au fait que j'habitais à la cité de la Muette. C'était glauque d'habiter là. J'avais toujours l'impression qu'on était mis à l'écart dans cette cité.

J'avais environ 11 ans ou peut-être 12, je ne sais plus exactement. Je me suis retrouvée devant une plaque où on pouvait lire que sous terre, à cet endroit, des hommes avaient creusé un tunnel long de 36 mètres pour s'échapper du camp. J'ai immédiatement baissé les yeux et vu une allée de pavés gris sous mes pieds plantés dans le sol qui continuait sur une dizaine de mètres puis s'arrêtait.

J'ai lu la dernière phrase écrite sur cette plaque : Il leur manquait trois mètres pour atteindre la liberté.

À ce moment-là, j'ai eu l'impression que la terre s'ouvrait sous mes pieds et que je tombais dans ce tunnel. Je me suis vue tomber dans le tunnel, sous la terre. J'avais les jambes qui tremblaient.

Depuis, chaque fois que je reviens voir mes parents qui vivent toujours à Drancy, j'ai cette phrase gravée dans ma tête : Il leur manquait trois mètres pour atteindre la liberté.

Je vous écris de Drancy.

C'est une ville qui ne frime pas, qui ne fait rêver personne mais ici c'est chez moi.

J'ai jeté mon ancre.

De ma fenêtre, je contemple certains matins clairs le soleil qui se lève au-dessus des toits de tuiles rouges, orange, marron des pavillons, la façade bleu et rose crade des immeubles de la rue Salengro près de la caserne des pompiers, quelques arbres, un peu plus loin la cité Gaston-Roulaud, le palais de justice de Bobigny, plus loin encore la tour de Romainville et au-dessus de tout ça, le ciel vaste, généreux, traversé parfois de merles, de corneilles, de perruches vertes, de martinets, qui s'étale devant moi, sans rien qui le masque, le cache, rien qui m'empêche de voir l'horizon.

Table

Les Éditions Points s'engagent pour la protection de l'environnement et une production française responsable

Ce livre a été imprimé en France, sur un papier certifié issu de forêts gérées durablement, chez un imprimeur labellisé Imprim'Vert, marque créée en partenariat avec l'Agence de l'Eau, l'ADEME (Agence de l'Environnement et de la Maîtrise de l'Énergie) et l'UNIC (Union Nationale de l'Imprimerie et de la Communication).

La marque Imprim'Vert apporte trois garanties essentielles :

- La suppression totale de l'utilisation de produits toxiques
- La sécurisation des stockages de produits et de déchets dangereux
- La collecte et le traitement de produits dangereux

RÉALISATION : NORD COMPO À VILLENEUVE-D'ASCQ
IMPRESSION : MAURY IMPRIMEUR À MALESHERBES (45)
DÉPÔT LÉGAL : NOVEMBRE 2022. N° 151231-2 (272120)
IMPRIMÉ EN FRANCE